HOROWITZ ET MON PÈRE

ALEXIS SALATKO

Horowitz
et mon père

ROMAN

FAYARD

ISBN : 978-2-253-11865-7 – 1re publication LGF

À mon grand-père et à mon père, dont les souvenirs ont inspiré ce travail romanesque.

J'adorais Scarlatti, Brahms, Schumann que mon père me faisait écouter sur une vieille TSF et il n'était pas question d'écouter autre chose que de la musique classique. J'aimais beaucoup Chopin, pas les Valses, mais les Nocturnes, les Préludes et par-dessus tout les Études. Je les aimais par Lipatti et surtout par Horowitz. Ça, c'était le génie du siècle, Horowitz.

Serge GAINSBOURG.

Préface

J'ai rencontré Alexis Salatko en 1978 sur le plateau de Tess, à Omonville-la-Rogue, en Normandie. Il m'avait écrit une lettre en forme de supplique pour assister au tournage en précisant qu'il ne tiendrait pas plus de place qu'une plante verte. J'ai découvert un jeune homme de 18 ans timide et ébouriffé qui chaque jour venait de Cherbourg en solex pour gagner le manoir du Tourp où nous avions dressé notre chapiteau. Il se tenait dans l'ombre, à l'écart, observateur assidu, curieux de nos moindres faits et gestes. Très vite, il s'est amalgamé à l'équipe et il est devenu l'ami de Thierry Chabert, mon premier assistant. Comme Alexis souhaitait se rendre utile, Thierry l'a nommé agitateur de poules : il s'agissait d'exciter les volailles pour rendre plus authentique l'ambiance de la basse-cour. C'est en découvrant que son grand-père russe jouait du piano, au fond d'un poulailler à Montrouge, devant un parterre de volailles, que j'ai mieux compris ses talents cachés. À la fin du tournage, Alexis m'a remis le manuscrit de son premier livre Le Tigre d'écume que j'ai aussitôt fait parvenir à Robert Laffont. Mais Gallimard avait été plus rapide et c'est dans la fameuse collection blanche que le romancier en herbe a débuté.

Nous nous sommes retrouvés sur mon film suivant : Pirates. Il poursuivait sa carrière d'écrivain mais il fallait manger ! L'agitateur de poules prit bientôt du galon en devenant l'expert de la machine à café (fonction indispensable pour soutenir le moral des troupes). Il courait toute la journée pour faire des courses aux quatre coins de Paris et je me suis revu au même âge arpentant cette ville en rêvant de cinéma. Alexis, lui, rêvait vingt-quatre heures sur vingt-quatre de littérature. Grâce à ce boulot de « runner », il a pu écrire son second roman Le Couturier de Zviska. Puis nos routes se sont séparées à nouveau. Tous les deux ans, je recevais un nouveau livre par la poste, roman ou nouvelles, où il était question d'émigration, de paquebots et de destinées chamboulées par l'Histoire. Autant de marches menant à Horowitz et mon père.

Ce livre raconte l'histoire de son grand-père ukrainien, condisciple de Wladimir Horowitz au Conservatoire de Kiev. Après une jeunesse dorée, il a connu les pires épreuves : la Révolution, la défaite, l'exil, la déchéance, la guerre, le licenciement, le chômage, la maladie et – à l'instar de Wladyslaw Szpilman – il a tenu grâce à la musique, la grande musique (Chopin, Rachmaninov, Schumann), seule note d'espoir dans un monde de douleur et de folie.

Au-delà de la chronique familiale, Alexis Salatko a dépeint cette colonie d'émigrés russes réfugiés en région parisienne, un monde que je connais, restituant avec justesse et émotion la lutte quotidienne des déracinés pour s'adapter à leur nouvelle vie tout en conservant le lien avec la patrie perdue. La France, Paris, pour les habitants d'Europe centrale, est une sorte de mythe, le pays des libertés et de l'espoir. Ce livre remue en moi bien des souvenirs enfouis et le seul nom d'Horowitz est une note qui fait retentir l'écho de mon enfance placée sous la double tutelle d'Hitler et de Staline.

Roman POLANSKI, 4 avril 2006.

En janvier 1953, je décidai d'emmener mon père à New York pour assister au jubilé d'Horowitz à Carnegie Hall. Dimitri n'en avait plus pour longtemps. Ce voyage serait la dernière occasion d'être ensemble et d'approcher le dieu Horowitz qui avait si grandement marqué mon enfance.

Je venais d'avoir 22 ans. Je rêvais de faire du théâtre, comme ma mère, décédée quelques années plus tôt. Toutefois, l'auteur de mes jours avait tenu à ce que je fasse médecine et, par acquit de conscience, je me forçais à assister aux séances de dissection.

Pour me donner du courage, je songeais à toutes les atrocités dont Dimitri avait dû être témoin à l'époque où il servait dans la Garde blanche.

Des cadavres éventrés jonchaient la route de l'armée disloquée de Denikine. Les jeunes volontaires, dont papa faisait partie, perdaient pied dans la neige en luttant contre le blizzard. Leurs beaux uniformes ayant fait long feu, ils s'étaient entortillés de la charpie autour des oreilles et du nez. J'imaginais cette longue cohorte de momies fuyant à travers des forêts infestées de loups. Ils bivouaquaient n'importe où, couchant à la belle étoile par des moins vingt degrés. On amputait à tour de bras des orteils noircis, des membres gangrenés. Mon père avait eu la chance de conserver ses mains. Son secret : remuer les doigts de l'aube au crépuscule. Pianiste accompli, il jouait Chopin « dans ses poches ! » Il n'avait que 17 ans. Et déjà sa vie d'homme avait commencé. Sur une mémorable branlée.

« Nous faire ça à nous ! » La voix de ma grand-mère me fendait les tympans, aussi tranchante que le scalpel en train d'inciser les cadavres d'école. Par ce « nous » outragé, elle désignait les Radzanov uniquement, transformant une défaite historique en offense personnelle.

Française de naissance. Fille d'Augustin Moulinier, peintre héraldiste, elle avait passé une partie de son enfance à Vevey, sur les bords du Léman. Attirée par les langues étrangères, elle avait appris le russe et le polonais. À 18 ans, elle avait migré en Ukraine pour y exercer le métier de préceptrice.

À Kiev, elle fit la connaissance de Sergueï Radzanov, qui travaillait dans l'administration où il devait exercer une activité assez floue, dont le titulaire tirait une importance inversement proportionnelle à sa charge de travail. Cette bonne pâte se laissa mettre la bague au doigt par l'autoritaire Anastasie. De leur mariage naquirent à treize mois d'intervalle deux garçons, Fédor et Dimitri.

Une des rares photos que je possède de mon grand-père fonctionnaire le montre debout, mollement accoudé à un fauteuil où trône ma grand-mère, tenant fermement un bambin de 4 ou 5 ans portant une robe et des cheveux bouclés et qui doit être mon oncle Fédor.

Sergueï a la figure allongée, des traits fins, à part un nez un peu fort, que les Radzanov se transmettent de génération en génération. Un nez à se moucher le nez, comme dit mon père. Il porte une fine moustache et une chevelure frisée formant une houppe sur un très large front. Il a le regard doux et un tantinet moqueur.

Dans les premiers temps de leur idylle, ma grand-mère se laissait aller à l'appeler « mon chou », expression banale pour un Français, mais qui pour un Russe ajoutait sûrement du piment à l'amour. En retour, et comme pour répondre à ces élans de tendresse, il l'appelait tantôt « carotte », tantôt « courgette », ce qui plaisait modérément à l'intéressée, surtout quand ce prénom légumier lui était attribué en présence de tiers. Depuis qu'elle enseignait à l'Institut des jeunes filles nobles, ma grand-mère avait une haute idée de sa personne. Nous devions tenir notre rang !

La vie, pour les deux frères, commençait donc sous les meilleurs auspices. Ils menaient à Kiev une existence insouciante mais studieuse, car ma grand-mère leur tenait la bride serrée. Entourée d'une cour de grandes élèves qui, paraît-il, l'adulaient, elle était le nombril incontesté de ce petit monde. Dans son ombre, mon grand-père apparemment se la coulait douce. Je n'ai aucune idée de ce que pouvaient être ses goûts, mais il me plaît de l'imaginer lutinant de jolies servantes cependant que la hautaine Anastasie paradait sur la Vulitsva Kreshchatyk – les Champs-Élysées de Kiev – où elle répondait avec une grâce un peu infatuée aux saluts respectueux des passants. J'imagine aussi que régulièrement, au salon, autour d'un samovar rutilant, se réunissaient quelques amis, comme M. Sternberg et, dès son arrivée en Russie, mon grand-oncle Alfred, dit Freddy, venu sur les conseils de sa sœur aînée participer au rayonnement de la langue et de la culture françaises dans ce milieu très francophile. Peu avant son voyage en Russie, tonton Freddy avait épousé à Montrouge une certaine Ursuline

– petite main chez Poiret – pour la plus grande déception d'Anastasie qui considérait ce mariage comme une mésalliance.

Dimitri allait à l'école et travaillait sérieusement le piano au Conservatoire. Quant à son frère aîné, Fédor, il avait des talents de danseur qui faisaient de lui l'organisateur obligé des bals de la bonne société. Évidemment, ma grand-mère portait aux nues ses deux fils, veillant à ce qu'ils ne laissent pas se flétrir leurs dons respectifs. Les frères Radzanov étaient inséparables. Ils partageaient tout : les filles, les bocks, les coups de knout. Quand ils ne filaient pas droit, Stasie les traitait comme des serfs.

Au Conservatoire de musique, Dimitri avait pour condisciple un certain Vladimir Gorovitz. Sur une vieille photo de classe datant de 1915, on ne remarque vraiment que mon père, qui, à l'instar de certains acteurs, bouffe l'écran. À ses côtés, petit, gringalet, avec ses oreilles d'éléphanteau qui lui avaient valu le surnom de Face de Chou, le jeune Gorovitz fait pâle figure. Pour Anastasie, en tous les cas, il n'y avait aucun doute : son Mitia était le premier et le meilleur. Il les enfoncerait tous !

Des années plus tard, elle me décrirait cette façon qu'il avait de se mettre en transe pour entrer en communion avec les dieux de la musique. Il faisait tomber la foudre sur le clavier. Toujours aux dires de ma grand-mère, Gorovitz n'était qu'un sale petit ouistiti qui s'évertuait à singer les effets de Mitia. À cette époque, les deux garçons se battaient en duel dans le salon des Radzanov, au premier étage d'un immeuble administratif situé à mi-pente de la rue Saint-Alexis. Leur arme était bien sûr le piano. Ils se battaient non point au premier sang, mais au premier couac, et, pour corser la joute, il leur arrivait d'enduire les touches de savon noir. Autant dire que mon père sortait toujours vainqueur de ces vertigineuses passes d'armes.

D'autres photos les montrent débarquant, une raquette sous le bras, sur le quai de la gare de Vevey. Ils allaient passer leurs vacances en Suisse, chez le père d'Anastasie, peintre d'écus.

Nous sommes au printemps 1916. Il y a là Fédor, mon père et Face de Chou, accompagnés de jeunes beautés russes, également élèves du Conservatoire. Les parties de tennis valaient leur pesant de cacahuètes. Pas sportif pour un sou, Gorovitz ne piquait pas une balle. L'ouragan des steppes, sur un court, c'était petite brise. Mou du genou, il disparaissait dans un nuage de terre battue. On le hissait sur la chaise d'arbitre et, là, ce petit vicelard prenait sa revanche en sifflant des fautes de pied imaginaires.

Cette jeunesse logeait dans le chalet de l'arrière-grand-père, empli de tout un bric-à-brac de blasons, avec vue imprenable sur le Léman. Parmi les filles, il y en avait une qui se détachait par sa beauté et son talent. Olga. Elle était violoniste. Mitia avait le béguin, mais il se heurta à un obstacle inattendu : Face de Chou. Par le plus grand des mystères, ce dernier avait la cote auprès du beau sexe. Il avait le chic pour se faire plaindre et dorloter. Olga l'avait pris sous son aile et, aux yeux de Mitia, cette protection rapprochée avait quelque chose d'obscène. Il ne manquait jamais une occasion de railler son rival. La violoniste prenait la défense du petit fayot, traitant mon père de brute mal embouchée. Gorowitz, avec son regard par-dessous, se frisait les moustaches. Ce gars-là, expliquait ma grand-mère, avait l'art de renverser les situations les plus défavorables. Il s'en sortirait toujours. Ce devait être son sang juif.

Au concours de sortie du Conservatoire, Gorowitz s'était montré brillant, mais moins toutefois que Mitia, lequel tenait une forme éblouissante. Des doigts comme des piolets ascensionnant l'himalayenne sonate *Hammer-klavier* de Ludwig van Beethoven. Or, dans le jury, siégeait la fameuse Olga. On pouvait s'attendre au pire. Cependant, les deux garçons finirent ex æquo. Ce qui, pour ma grand-mère, constituait le scandale du siècle.

La Révolution mit fin à cette période dorée. Les frères Radzanov s'engagèrent comme volontaires dans la Garde blanche. Personne ne leur avait demandé quoi que ce soit, surtout pas ma grand-mère, qui des années plus tard me raconterait l'histoire à sa façon : « Nous n'avions pas d'autre choix. Quand la patrie est en danger, l'heure n'est pas au calcul. N'écoutant que notre devoir, nous avons foncé tête baissée. Et si c'était à refaire, patati patata… »

Au moment où les Rouges se livraient au sac de Kiev, mon grand-père avait été victime d'un accident vasculaire cérébral. Il en conserverait une paralysie faciale invalidante qui se traduirait notamment par une impossibilité d'effacer de ses lèvres un sourire d'une insolence aussi fortuite qu'irrépressible. Lors de l'irruption des révolutionnaires dans leur appartement de fonction, il paierait cher ce rictus qui passait pour de la provocation. On l'avait précipité à coups de crosse de fusil dans l'escalier, sous les yeux horrifiés de ma grand-mère ; et, quelques jours plus tard, après une lente agonie, l'inoffensif Serguëi Radzanov s'éteignait à l'âge de 55 ans, cependant qu'à des verstes de là ses deux fils, unis dans la même haine du communisme, défendaient avec toute l'énergie du désespoir une cause perdue d'avance.

Mon père parlait peu de cette période à la fois désastreuse et héroïque. Je ne sais à quel combat d'arrière-garde Fédor et lui prirent part durant les deux années passées sous l'uniforme blanc à liseré framboise. Plus tard, dans les rares conversations consacrées au sujet, mon père citerait seulement des noms de lieux aux consonances énigmatiques : Karpova Breka, Gallipoli. Villes ou champs de bataille que mon imagination emplissait aussitôt du tonnerre des explosions et de la haute lueur des incendies. Une photo prise dans un hôpital de campagne le montre entouré d'une poignée de mencheviks laminés, aux joues hâves, aux tuniques en lambeaux, formant le dernier carré. Là encore, on ne voit que lui, les cheveux en bataille, une allure de trompe-la-mort, tenant de la main gauche une cigarette tournée vers la paume.

Les armées blanches ayant capitulé, mon grand-père étant mort et tous leurs biens ayant été confisqués, ma grand-mère et papa gagnèrent Sébastopol d'où ils s'embarquèrent pour la France, exil rendu possible par la nationalité française d'Anastasie. C'était en 1923. Fédor, qui était marié, resta à Kiev où il devait mourir en 1924 du fameux typhus ravageant la toute nouvelle Union soviétique.

Après trois semaines de traversée éprouvante, Anastasie et Dimitri, sales et pouilleux, sans ressource, retrouvèrent dans la région parisienne tonton Freddy, lequel avec ses trois marmots était rentré en France dès les premières canonnades du croiseur *Aurore*.

Atterrir à Montrouge quand on a servi deux ans dans la Garde blanche, quelle ironie de l'Histoire. La logeuse d'Alfred s'appelait madame Poule et c'était bien dans un poulailler que s'entassaient les sept rescapés. Pour ma grand-mère, habituée aux « fastes de la grande cour », ce fut une terrible dégringolade. Toutefois, elle n'était pas femme à baisser les bras. N'avaient-ils pas réussi à s'en sortir malgré tout ? S'ils étaient passés au travers, ce n'était pas par hasard, mais parce que Dimitri était promis à un destin d'exception. De cela, Stasie n'en démordrait jamais. Peu importaient les difficultés matérielles. Ce qui comptait, c'était que son fils devînt un brillant concertiste. Elle n'hésita pas à mettre au clou ses derniers bijoux pour lui offrir un piano, certes de seconde main, mais son talent lui permettrait d'en acquérir un bien meilleur quand la roue aurait tourné.

De ces années-là, je n'ai guère de détails. De quoi vivait la petite colonie ? Tonton Freddy travaillait à l'Opéra-Comique. Il était soi-disant responsable de la machinerie, mais on le soupçonnait de passer plus de temps à écumer les bistrots des Grands Boulevards qu'à faire l'acrobate en haut des cintres ! Quant à Ursuline, elle cousait à domicile les costumes de scène ! On l'avait surnommée « Doigts d'Or » ! Ce sobriquet lui allait comme un gant. J'imagine le « poulailler » de Montrouge débordant de robes de cantatrices et de perruques poudrées et, au milieu de ce décor sordido-féerique, Freddy (qui avait un coffre de baryton) chanter à tue-tête le grand air de Faust et Marguerite ! Ma grand-mère donnait probablement des cours de langues. Bien que ruinée et déchue, elle conservait ses manières aristocratiques et fourrait dans le même sac son indigne belle-sœur et madame Poule. Pour elle, la fracture sociale était irréductible : on ne mélangeait pas les serviettes et les torchons !

Dimitri travaillait son piano dans la journée. On lui avait aménagé un « salon de musique » dans un cabanon au fond du potager et il devait couvrir de ses octaves les bruits de la basse-cour,

car de vrais animaux complétaient cette pétau-
dière. Le soir, il suivait des cours de chimie aux
Arts et Métiers.

Tonton Freddy me révéla sur le tard que son
neveu fréquentait dans le plus grand secret une
organisation terroriste qui tenait ses assises à huis
clos dans une ancienne champignonnière trans-
formée en cave à vins au 26, rue des Officiers, à
Carrières-sur-Seine. L'objectif de ce groupus-
cule cavernicole était clair : assassiner Lénine et
replacer le tsarévitch sur le trône. Papa apprenait
donc la chimie dans l'unique dessein de fabriquer
la machine infernale qui transformerait en steak
tartare le tyran chauve et barbichu. « S'il n'avait
pas rencontré ta mère, achevait tonton Freddy,
ton père serait peut-être devenu l'un des plus
grands criminels de l'histoire moderne ! »

Chaque dimanche, Alfred et les siens se
rendaient sur la butte Montmartre, où se réunis-
sait une communauté d'artistes bohèmes et désar-
gentés, mais dopés à la joie de vivre. Il y avait là
Marcel Aymé, Gen Paul, le docteur Destouches
et Charlie Flag qui allait devenir le meilleur ami
de papa. Pas mal de filles fréquentaient ces lieux
encore champêtres, cela allait de la grisette au
bas-bleu en passant par la danseuse de Pigalle.

Au cours d'une partie de campagne très
arrosée, Dimitri avait rencontré Violette, une

apprentie comédienne de 17 ans. Il y avait un piano bastringue, mais le pianiste jouait comme une savate. Alfred proposa que son neveu le remplace au pied levé. À ce tournant de sa vie, mon père a tout à fait l'allure d'un démon de Dostoïevski : pâle et émacié, regard fiévreux, cheveu en aile de corbeau balayant son large front, il plaît à ses nouveaux amis résolument marginaux. Alors qu'il jouait *Le Beau Danube bleu*, Violette le dévorait des yeux.

– Vous ne dansez pas ? s'étonna-t-il.

– Impossible ! répondit-elle. Mon cavalier a les mains occupées !

Ce fut le coup de foudre.

Au printemps 1925, mes parents se marièrent, passant outre le veto de ma grand-mère qui détesta aussitôt sa bru. Mon père avait pour témoin Charlie Flag, et ma mère, Évelyne Lambert, une actrice, sosie d'Arletty.

Ma mère était une Méditerranéenne, très gaie mais aussi très réservée. Son père était mort à la Grande Guerre. Sa mère et sa grand-mère avaient repris la boutique d'articles de pêche à Sète ou à Narbonne, je n'ai jamais trop su. Elles avaient succombé à la grippe espagnole. Ni frère ni sœur. Ni oncle ni tante. Comment débarqua-t-elle à Paris, je ne sais pas non plus, mais j'ai toujours entendu papa soutenir qu'elle y était venue pour lui. Maman n'avait pas d'instruction, ce qui constituait aux yeux de sa belle-mère un défaut rédhibitoire, aggravé par ce crime de lèse-Anastasie : « Elle m'a pris mon fils ! »

Un événement marquant intervint à cette période : mon père obtint du travail. Maman avait découvert ses folies d'artificier et l'avait supplié de passer son diplôme dans un but moins dément que de faire péter Lénine. Il ne se fit pas beaucoup prier, le complot ayant été éventé, et la société secrète de la rue des Officiers, dissoute. Surtout Vladimir Ilitch, frappé d'hémiplégie, avait cassé sa pipe à Nijni-Novgorod, laissant le champ libre au camarade Joseph Staline.

Délivré de ses penchants subversifs, papa entra donc aux usines Pathé-Marconi de Chatou. Nommé responsable de la galvanoplastie, il allait fabriquer des disques pour Alfred Cortot, Dinu Lipatti et un certain Vladimir Horowitz qui commençait à faire parler de lui sur la scène européenne.

Ma grand-mère, qui n'avait pas renoncé à ses rêves de gloire, trouva là un merveilleux levier. Changeant son fusil d'épaule, elle qui vouait aux gémonies l'ex-rival de papa au Conservatoire de Kiev devint, du jour au lendemain, sa première admiratrice. Elle allait se servir du « lièvre Horo-witz » pour faire courir papa. Son calcul consis-tait à piquer l'orgueil de Dimitri pour le détacher de sa femme – cette empêcheuse de jouer en rond – et le ramener *allegro vivace* vers son piano.

Elle se mit à collectionner tous les articles de presse relatant les exploits du jeune prodige ukrainien. Nous étions en 1926 et Horowitz, récemment évadé de la « maison rouge », se lançait à la conquête de Paris.

– Écoute ça, Mitia, il a donné un concert privé dans le salon de Jeanne Dubost… Il a joué *Oiseaux tristes* et *Jeux d'eau* de Ravel en présence du compositeur lui-même qui l'a chau-dement félicité… Le 12 février et le 12 mars, il sera à la salle de l'ancien Conservatoire… Le 24 mars à Gaveau, le 30 mai à la salle des Agriculteurs…

– Vous connaissez Horowitz ? s'étonna ma mère.

– Non, mademoiselle, Horowitz NOUS connaît !

Pauvre maman ! Elle n'avait pas fini d'entendre tinter ce « nous » redondant et élitiste l'excluant du cercle des gens dignes de partager l'air des Radzanov. Que n'aurait-elle fait pour entrer dans les bonnes grâces d'Anastasie ? Mais on eût dit que chacun de ses gestes visant à amadouer la dragonne agissait comme un aiguillon excitant encore plus l'ire de celle-ci. Elle ne pouvait pas blairer cette simili-actrice, fille et petite-fille de marchands d'asticots, lui refusant le statut de personne civilisée et la traitant pire que si Dimitri l'avait tirée du ruisseau.

D'ailleurs elle parlait russe à son fils, lequel lui répondait en français, refusant d'entrer dans son jeu.

– Exprime-toi normalement, maman, je te prie, et réponds lorsque Violette te pose une question.

– Disons qu'Horowitz fréquentait mes fils. Nous étions de Kiev et lui de Berdichev et c'était toujours une joie pour ce pauvre garçon d'échapper à sa banlieue pour venir jouer à la maison. Mais, bien entendu, avec le temps et tous ces bouleversements, pas sûr qu'il se souvienne de nos duels musicaux et de nos vacances sur les bords du Léman.

Grâce au salaire qui tombait maintenant régulièrement, le « trio infernal » avait pu emménager à Chatou dans une petite HLM en briques rouges située au 4, rue Ribot. Les concerts d'Horowitz avaient ceci de bon qu'ils délivraient pour quelques heures le couple de l'importune belle-mère. En tant que « professionnel de la profession », tonton Freddy n'avait eu aucun mal à obtenir des places, et Anastasie avait pu suivre étape par étape la tournée parisienne jusqu'à son apothéose, le 14 décembre, au palais Garnier. Un triomphe. Au septième rappel, Horowitz avait joué ses *Variations sur un thème de Carmen*. L'enthousiasme du public avait tourné à l'émeute. On se bousculait, on se piétinait pour toucher le nouveau Rubinstein. La police avait dû faire évacuer la salle. Ma grand-mère était revenue avec sa robe déchirée et un énorme bleu sur la fesse droite, qu'elle exhibait à toutes et à tous comme la preuve tangible d'un authentique miracle musical.

— Tenez, touchez si je mens. Ce n'est plus un greluchon, il a mûri, il s'est développé et je mentirais, en disant qu'il n'a pas progressé. Si nous n'y prenons garde, il nous aura bientôt dépassés. Il faudrait pour revenir à son niveau reprendre sérieusement le piano.

Or, mon père refusait de répondre aux sollicitations maternelles. Tout cela, c'était de l'histoire ancienne. Horowitz appartenait à un fragment de sa vie qu'il souhaitait effacer de sa mémoire. Il préférait emmener ma mère à Luna-Park. Ils prenaient le train fantôme et, chaque fois que la vieille à la faux jaillissait des ténèbres, maman se serrait contre papa qui adorait ça.

Ma grand-mère n'allait pas renoncer à son plan et régulièrement reviendrait à la charge en nous contant les dernières aventures du maestro sous forme d'un feuilleton dont je connaîtrais bientôt par cœur la trame luminescente.

Je vins au monde le 25 septembre 1931 dans le deux-pièces sans chauffage de la rue Ribot – la boîte de harengs – où il était déjà si difficile de tenir à trois. Cette pénible promiscuité mise à part, je ne crois pas m'illusionner en affirmant que ma naissance fut pour mon père le plus beau jour de sa vie. Il n'avait pas de mot assez fort pour exprimer sa fierté et son ravissement face à la chair de sa chair. Il insista pour qu'on me prénomme Ambroise à cause d'Ambroise Paré, le célèbre chirurgien. Car c'était décidé avant même que je pousse mon premier cri : je serais médecin. Mon père le claironnait partout, à Montmartre, à l'usine, auprès de ses amis russes, dans les vestiaires du stade de Montesson, au tennis-club du Vésinet, il n'y en avait plus que pour son lardon qui guérirait le monde entier. Dimitri avait des idées arrêtées. Il ne changeait jamais d'avis. En ce sens, il tenait de sa mère. Mais il ne fallait surtout pas le lui dire, car il soutenait mordicus le contraire. Une mauvaise foi qui là encore démontrait l'omnipotence de la génétique.

Par désir de bien faire, Violette se russifia. Sa belle-mère l'en détesta encore plus. Maman s'habillait russe, cuisinait russe et recevait des amis russes exilés. L'un d'eux, qui travaillait aussi chez Pathé, s'appelait Nicolas Effimof. Il était dur de la feuille, parlait le français comme une vache espagnole qui aurait eu l'accent slave. Son épouse, peinturlurée comme un portrait de Kikoïne, roulait elle-même ses cigarettes. Elle avait une voix rocailleuse et une toux agaçante. Dès qu'elle arrivait, on ouvrait les fenêtres. « Eh bien, vous êtes réchauffés ! disait-elle. Moi, j'ai toujours la chair de poulet. Tenez, voyez ! » Ils habitaient à deux pas, au fond d'une petite allée, un pavillon assez coquet où l'on pénétrait en descendant deux ou trois marches. Nicolas cultivait un petit arpent de terrain glissant en pente douce vers la Seine et élevait des pigeons dont les nombreux rejetons allaient régulièrement rejoindre les petits pois dans la casserole. J'avais quelques regrets du sort réservé à ces oisillons, mais je les appréciais vivement dans mon assiette.

J'aimais bien Nicolas Effimof. Après l'usine, quand il ne cultivait pas son jardin, il fabriquait des objets inutiles. Sa plus belle trouvaille était le Baiser de la Mère Patrie. Un enfant dans un lit, une mère debout à son chevet. Un gros élastique et deux contrepoids habilement disposés permettaient de relever la tête du marmot et de faire pencher vers lui celle de la mère. « C'est bête chou ! » disait l'inventeur.

Mon père avait été le premier (et sans doute le seul) à acheter ce joyau d'absurdité. Ma grand-mère en avait fait tout un koulibiac.

– Enfin, Mitia, veux-tu nous dire à quoi sert cette horreur ?

– À rien. C'est ce qui fait sa richesse.

Il avait placé le Baiser de la Mère Patrie en évidence sur le dessus de son piano, et l'inepte symbole y trôna jusqu'au jour où mon père, en délicatesse avec l'État français, le flanqua aux peluches.

J'ai gardé le souvenir d'une soirée chez les Effimof où était réunie toute la smala. Les conversations allaient bon train, alimentées par la vodka. Maman était naturellement un peu perdue et n'avait guère que Mme Effimof, qui ne maîtrisait pas non plus cette syntaxe mystérieuse, pour lui tenir compagnie. Quant à moi, je me laissais bercer par la musique de cette langue que je n'ai jamais apprise, mais dont les *r* roulés et les *l* mouillés, qui en font tout le charme, me sont restés familiers.

Je revois encore ces personnages nabokoviens, parlant avec animation, passant parfois du cyrillique au latin par égard pour ces dames, brassant de grandes idées, se mettant à rêver avec grandiloquence d'un monde meilleur et capables d'entraîner dans leur certitude du moment le spectateur ingénu que j'étais.

– Le secret de la vie, disait Nicolas Effimof, tient en trois mots !

Ces mots magiques que je garde encore à l'oreille, il les avait prononcés tout bas, hélas, dans une langue que je ne comprends toujours pas.

Autres invités permanents : les Sternberg et les Koulikov. Ces anciens amis de Kiev savaient plaire à ma grand-mère et s'octroyer ses faveurs, ce qui n'était pas une mince affaire, on l'aura compris. M. et Mme Sternberg formaient un couple étrange. Grand, chauve, affublé d'un bouc à la Méphistophélès taillé au millimètre, le père Sternberg avait une voix de basse profonde, impressionnante. La basse la plus basse que j'aie jamais entendue, développée dans les chœurs de l'église Saint-Serge, rue de Crimée. Il pratiquait naturellement le baisemain et appelait ma grand-mère « Cara Mia », ce qui ne pouvait qu'entretenir de chaleureuses relations. Il avait épousé une brunette à taille d'insecte de vingt ans sa cadette, élève de « Caramia » au fameux Institut des jeunes filles nobles. Judicaël (ainsi s'appelait-elle) était une suivante d'une incroyable discrétion, aussi timide que fragile, atteinte selon ma grand-mère de la maladie des os de verre. Elle vouvoyait son mari, qui la tutoyait. Elle vouait naturellement à ma grand-mère une adoration respectueuse qui se voyait récompensée par de petites tapes affectueuses, pas trop appuyées tout de même étant donné l'extrême précarité du support.

M. Sternberg s'exprimait avec une lenteur saisissante, entrecoupant ses propos d'un rire curieusement sérieux, constitué d'une série de trois « Ah ! » très espacés, faisant résonner en une lente cascade des harmoniques de plus en plus graves.

AH !… AH !… AH !

Anastasie, qui ne manquait jamais une occasion de rabaisser ma mère, en invitant les Sternberg si fins, si cultivés, faisait d'une pierre deux coups : obligeant sa belle-fille à mariner un peu plus dans sa crasse intellectuelle et forçant son cher fils, qui, faute d'interlocuteurs valables, se ramollissait les méninges, à sortir du bourbier où l'avait précipité sa stupide mésalliance.

Critique d'art redouté et amateur de beaux objets, M. Sternberg nous tenait au courant des dernières enchères qui de Drouot à Christie's en passant par New York défrayaient la chronique. Il nous apprit entre autres que « notre ami » Horowitz venait d'acquérir dans la 94e Rue un hôtel particulier dont le premier étage abritait une collection de toiles impressionnistes et du XXᵉ siècle qu'il avait commencé à acheter dès ses premiers succès. Y figuraient notamment Degas, Manet, Pissarro, Modigliani, Matisse, Rouault.

– Pas d'actions cotées en Bourse, pas d'obligations. Tout ce qu'il gagne dans un art, il le dépense dans un autre, disait avec admiration M. Sternberg.

La pièce maîtresse de cette collection était sans conteste un Picasso : *L'Acrobate au repos*. Mon père, qui jusqu'alors suivait la conversation sans y participer, sentant que ma grand-mère était sur le point de décocher une nouvelle fléchette au curare, para cette attaque sans détacher les yeux de la cigarette qui se consumait entre ses doigts.

– De quoi te plains-tu ? Tu habites Chatou, berceau des impressionnistes. Quant à l'acrobate au repos, tu l'as devant toi, en chair et en os, grandeur nature.

Ma grand-mère, donc, appréciait beaucoup la compagnie des Sternberg, mais pas autant que celle d'Evgueni Koulikov, avec qui personne n'aurait pu rivaliser dans le rôle du favori.

C'était un personnage aux gestes de Levantin et aux manières florentines, ayant toujours l'air de comploter, qui parlait sous cape en se penchant vers vous. Mon père l'avait surnommé

Secret d'État. Koulikov ne manquait jamais de lui demander de se mettre au piano, disant avec préciosité en roulant les *r* : « Joue-moi, mon cher, s'il te plaît, *Oiseau de Paradis* ! » Papa s'exécutait avec toute la raideur d'un automate répondant à une phrase-clef. J'ai retenu avec précision les mots et l'accent du solliciteur, mais je ne sais plus ce qu'était la musique et d'où était tiré ce chef-d'œuvre impérissable ? Secret d'État était veuf, à seulement 35 ans, et personne ne savait comment était morte sa femme. Chaque fois que le sujet revenait sur le tapis, ma grand-mère levait les yeux au ciel d'un air de dire : mes pauvres enfants, c'est encore plus terrible que tout ce que vous pouvez imaginer.

Pour fêter la Pâques russe, mes parents avaient réuni toute la bande habituelle. J'avais peint des œufs, et maman avait préparé quantité de blinis. Nicolas Effimof et mon père avaient rapporté de l'usine un poste de radio révolutionnaire. Nicolas me demanda quelle langue je voulais écouter. Et le voilà parti à énumérer les canaux du monde entier dont les noms figuraient sur la mire, m'invitant à rêver à l'évocation de ces pays lointains, de ces stations émettrices aux sonorités exotiques et envoûtantes

Hilversum, Beromunster, Monte Ceneri…

dont les ondes, par le miracle de la technique que mon démonstrateur encensait avec sa coutumière emphase et en tournant un simple bouton en galalithe, pouvaient nous parvenir instantanément dans une boîte en bois munie, c'était nouveau, d'un œil magique, ensorcelant, de couleur verte. Aussi excité qu'un explorateur de Jules Verne, le bon Nicolas parcourait la gamme des fréquences cependant que les membres de la béate assemblée collaient chacun une oreille extatique contre le haut-parleur grouillant de parasites.

Tout à coup, de cet abominable crachouillis, *Le Vol du bourdon* de Rimski-Korsakov, interprété par Vladimir Horowitz, jaillit comme un filet d'eau claire au sortir d'un tuyau d'égout, nous plongeant tous dans un état de communion absolue.

Ma grand-mère saisit aussitôt la perche que lui tendait ce bourdon pour jouer la mouche du coche. Elle qui jusqu'alors parlait russe utilisa le français cette fois pour bien se faire comprendre de sa belle-fille et enfoncer un peu plus le clou :

– Sans vous, mademoiselle, c'est mon fils qu'on écouterait à la TSF !

Dans le silence sépulcral qui suivit cette déclaration, la voix de mon père sonna comme la trompette du Jugement dernier.

– Maman, je te prierais de t'excuser !

Ce fut l'étincelle qui mit le feu aux poudres. Prenant un air de dinde outragée, des grelots dans la gorge, ma grand-mère se mit à déclamer à la façon de ces tragédiennes qui en font des tonnes :

– Ce n'est pas toi qui me chasses, c'est moi qui m'en vais. Mais je t'avertis, mon garçon, si tu me laisses franchir cette porte, tu ne me reverras pas !

Mon père choisit de faire la sourde oreille à cet ukase. Oui, lui, l'oreille absolue, il feignit de ne pas avoir entendu, éteignant la radio et reprenant sa conversation avec ses hôtes comme si de rien n'était. Et tandis que les hommes parlaient football en fumant et buvant, ma grand-mère remplissait sa valise en fer-blanc bourrée de bosses qui avait connu tant de tribulations depuis son départ de Russie et sans un mot, dans l'indifférence la plus totale, elle quitta la boîte de harengs de la rue Ribot pour ne plus y remettre les pieds.

Après le départ de grand-mère, on respirait mieux. On pouvait se déployer. L'air lui-même semblait plus léger. Et les chardonnerets se remettaient à chanter. On pourra s'étonner de l'absence d'émotion avec laquelle mon père accueillit cet incident mélodramatique. Cela signifiait qu'il n'avait plus besoin de sa maman, que Violette et moi lui suffisions. Désormais, il y aurait sa famille et le reste.

Mon père m'intimidait. Il était sévère et, sans jamais élever la voix, savait se faire respecter. On pouvait lui résister une fois, pas deux. Comme preuve, ce potage poireaux-pommes de terre que j'exécrais et qu'on m'avait resservi froid au petit déjeuner. Mais il pouvait aussi se montrer charmant et séducteur, jouant d'un certain nombre de pouvoirs suffisamment mystérieux pour captiver un gamin de 7 ans.

Une scène m'a particulièrement marqué. C'était un dimanche et papa venait d'arbitrer un match de football (Chatou-Montesson ou une affiche de ce genre). Il maniait le sifflet avec autorité, et ses décisions n'entraînaient guère de discussion. Je le revois racontant les péripéties du match et disant « à la mi-temps… » en se dirigeant vers le carillon Westminster accroché au mur, pour le mettre à l'heure, après avoir jeté un rapide coup d'œil à sa montre. Il ne précisa pas ce qui s'était passé à la mi-temps, mais ce mot me semblait étrange et je me perdais en suppositions pour lui trouver un sens et un rapport quelconque avec le ballon rond. Tout en réfléchissant, j'admirais le geste élégant pour repousser la grande aiguille à la bonne place, une tâche dont il n'aurait laissé à nul autre le soin de s'acquitter puisqu'il était, de son aveu même, le détenteur de l'heure exacte. Ne l'avais-je pas entendu dire que sa Longine (un oignon-bracelet d'origine) était d'une précision telle que c'était lui qui informait personnellement l'horloge parlante du moment pile où devait retentir le quatrième top ?

Un grand magicien donc, usant de formules cabalistiques comme cette mi-temps qu'il maintenait en suspens exprès pour laisser ouvert jusqu'au vertige tout un champ de possibles. Son pouvoir ne s'arrêtait pas là, car il avait coutume d'affirmer, notamment pour laisser entendre qu'il accordait un semblant d'intérêt à quelque chose qu'il n'appréciait guère : « J'ai été le premier à dire… » Pourquoi usait-il du passé composé au lieu du présent qui sied habituellement à cette figure de style ? Il avait de la langue de Voltaire une connaissance parfaite que sa mère, qui ne badinait pas avec la grammaire, lui avait inculquée. Aussi parlait-il sans le moindre accent un français des plus châtiés dont il ne tolérait pas que je m'écartasse. J'ai reçu quelques calottes pour avoir osé fredonner : *C'est moi la môme catch-catch. Voyez mes gros biscoteaux costauds* ! » Numéro 1 au hit-parade de la chanson réaliste qui m'amusait, mais faisait mauvais genre. Ce français littéraire, acquis en Russie, s'était enrichi, depuis son exil, d'expressions courantes comme ce « j'ai été le premier à dire… » qui faisait de mon père un découvreur, un pionnier donnant le *la* sur bien des sujets.

Papa aimait aussi le tennis. Il avait appris à jouer à Vevey, chez son grand-père, et il adorait tout spécialement s'associer en double avec son frère aîné Fédor. Il lui était difficile d'évoquer cette période sans éprouver un pincement au cœur, qu'il s'efforçait d'ailleurs de dissimuler, n'étant pas homme à dévoiler ses sentiments.

À la belle saison, nous allions tous les dimanches dans une grande propriété du Vésinet, près d'une jolie roselière toute bruissante du caquet des poules d'eau, que fréquentaient les membres d'un petit club très fermé. Parmi ceux-ci, notre ami Evgueni Koulikov, lequel, sans avoir touché une raquette de sa vie, occupait le fauteuil de trésorier. Avec son légendaire entregent, il avait introduit mon père dans ce milieu huppé et s'était arrangé pour qu'il ne paye qu'une demi-cotisation, eu égard à ses antécédents héroïques dans l'Armée blanche.

Papa jouait souvent en double avec un nommé Émile Demoek, un diplomate né à Bruges qui occupait de hautes fonctions au Quai d'Orsay, une sorte d'éminence grise, spécialiste des relations Est-Ouest. Ce Demoek portait chemise et pantalon blancs, des lunettes à verres teintés, une moumoute poivre et sel. Il habitait une sorte de folie entourée d'un jardin à l'anglaise à l'entrée du Pecq. Papa le soupçonnait d'être de la jaquette et il me conseillait d'avoir toujours un œil derrière le dos. Quoique trop jeune pour saisir ce genre de subtilités, je me méfiais du bonhomme et, si d'aventure il me demandait de ramasser les balles, je m'arrangeais pour mettre le filet entre nous.

Le plus souvent nous venions à pied, traversant toute la zone pavillonnaire et ses bicoques naines et biscornues pour déboucher dans cette oasis de luxe et de richesse, au milieu des troènes. Maman venait nous rejoindre un peu plus tard, à la fraîche. J'attendais avec impatience la fin de la journée, car nous nous arrêtions invariablement à la terrasse d'un café, au coin de l'avenue de la Princesse. Papa prenait un mandarin citron, maman, une Suze cassis, et je me délectais d'une grenadine. Puis nous regagnions à pied notre HLM en longeant les belles villas. Mon père avait une allure folle, et les riches propriétaires le saluaient comme s'il était l'un des leurs.

– Qui c'est ?

– Comment, tu ne les as pas reconnus ? me répondait-il en prenant un air faussement étonné, c'étaient le baron Petzouille et le comte Zanzibar !

Un jour, Émile Demoek, après un double victorieux, insista pour nous raccompagner en voiture. Avant de mettre le contact, il enfila des gants beurre-frais et, sous prétexte de régler son rétroviseur, replaça sa moumoute, qui faisait songer à une crêpe qui serait mal retombée dans la poêle. Je me souviens que mon père avait donné une fausse adresse, dans les quartiers chic, à l'exact opposé de l'endroit où nous vivions.

Émile Demoek possédait une Hotchkiss, modèle haut de gamme, réservée aux grands de ce monde.

– Pourquoi klaxonnes-tu sans arrêt ? dit papa.

– La dissuasion, cher ami, tout est dans la dissuasion ! répondit l'homme du Quai d'Orsay.

Nous ne mîmes pas longtemps à comprendre, car, au croisement de la rue des Landes et de la rue des Eaux, une minuscule Simca 5 coupa la route du carrosse diplomatique. Aucun dommage physique. En revanche, que de tintouin. Des deux véhicules, c'était la petite crotte qui avait le moins souffert. La Hotchkiss, pour l'éviter, avait fini dans un mur. Le radiateur percé fuyait comme un geyser, et tout le monde cherchait le postiche du plénipotentiaire, qui avait volé au moment du carambolage. Accident sans gravité, mais j'eus une belle frayeur, qui provoqua un dégât des eaux dans ma culotte. Mauvaise journée donc, d'autant plus que ce retour moto-risé avait supprimé l'arrêt au bistro et la grena-dine convoitée.

Ma grand-mère s'était exilée à Menton, chez des amis de son « rang », nobles et militaires chassés à coups de botte dans le derrière du paradis rouge, ainsi que mon père avait baptisé l'ex-empire russe. Nous le tenions de la bouche même de Secret d'État, qui correspondait avec elle. La *french* Riviera, ses palmiers, ses villas pastel, ça nous faisait rêver, nous, pauvres rats des banlieues. Menton, capitale du citron et du mimosa, 316 jours sans un nuage, et Caramia trouvait le moyen de se plaindre, estimant que, depuis les congés payés, nous n'étions plus chez nous sur la Côte.

Elle jouait aux courses... de petits chevaux à la terrasse d'un grand palace, L'Orient ou L'Impérial, je ne sais plus. Je l'imaginais, avec sa mantille et son ébouriffante aigrette, sans oublier ses gants léopard, entourée d'un aréopage de généraux en disgrâce, agitant son vieux cornet à dés datant de son premier périple en Ukraine, où déjà elle trichait comme elle respirait. Et je croyais l'entendre médire du tout-venant avec ce ton venimeux qui faisait dire au docteur Destouches, notre médecin de famille, qu'elle finirait par s'empoisonner rien qu'en agitant le bout de sa langue.

Les reproches de la « poison » avaient dû faire leur chemin dans l'esprit de maman, qui insista pour que mon père reprenne la musique sérieusement. Son argument avait le mérite d'être clair, elle voulait que son enfant l'admire pour ce qu'il était : un grand pianiste. Papa la joua modeste. Il n'était rien, mais il pouvait essayer de s'améliorer. Il retourna devant son clavier, bien décidé cette fois à en tirer de la musique et non des fioritures.

Aujourd'hui encore je ne peux concevoir les *Mazurkas*, les *Études*, les *Impromptus*, *Ballades* ou *Nocturnes*, la *Barcarolle* ou la *Berceuse* de Chopin joués autrement que par lui. Toutes les autres interprétations, celles d'Horowitz comprises, me paraissent un ton en dessous. Et ce parti pris apparemment peu partial n'a rien à voir avec la piété. Je suis totalement convaincu de la supériorité de mon père sur n'importe quel géant du clavier. Seul son rubato m'enchante. Et cela n'a que peu de rapport avec la technique pure. Je ne suis même pas certain que Dimitri ait été un grand technicien. Il ne cherchait pas à briller et se moquait des fausses notes... Non, sa force résidait dans cette sonorité à nulle autre pareille qu'il tirait du diable sait où. Quelques mois avant son déclin, bien que diminué physiquement, papa était encore capable de jouer, dans le noir, *Le Polichinelle* de Rachmaninov, morceau d'une virtuosité à couper le souffle, où les doigts n'arrêtent pas de voleter d'un bord à l'autre du clavier. Par contre, sa culture musicale s'était arrêtée net à la révolution bolchevique et à Rachmaninov. Il méprisait le jazz, et son intransigeance s'étendait aux compositeurs modernes (de son époque), ce qui incluait Debussy dont, cependant, « il avait été le premier à dire que », parmi les *Préludes*, *La Fille aux cheveux de lin* était intéressante et il la jouait volontiers.

J'avais alors 6, 7 ans quand il reprit sérieusement le piano qu'il n'avait plus vraiment touché depuis l'âge de 20 ans, se contentant de quelques gammes dans le fond du potager de Montrouge pour entretenir ma grand-mère dans ses rêves de gloire.

À cette époque, je n'avais pas vraiment compris le lien entre la musique et les usines « Pâté-Macaroni » où mon père pointait journellement. Je m'imaginais que son travail avait un lien avec l'agroalimentaire, et d'ailleurs, jusqu'à la guerre, il m'entretint un peu dans cette méprise en usant à tout propos d'expressions du type : « Je pars gagner ma pitance », « La mère nourricière » ou « Le coupe-faim » (petits noms donnés à l'usine), « Ma bande de nouilles » (en parlant des membres de son équipe), « J'ai la tête dans le pâté ! » (le soir, en rentrant du turbin, quand il souffrait de migraines et ne voulait pas que je l'assomme de questions)… Ce ne fut que deux, trois ans plus tard, durant les heures noires de l'Occupation, quand il rapporta de l'usine les premiers 78-tours et que je devins son fidèle tourneur, que je pris conscience de la véritable nature de ses activités. Mais nous n'en sommes pas encore là.

Ainsi donc, dans les années précédant la guerre, mon père, encouragé par maman, repiqua au jeu, comme il se plaisait à qualifier son regain de passion. Cela paraissait facile à première vue, mais il en bavait. C'était dur, ça faisait mal aux doigts, ça tirait sur les épaules. Il craignait de souffrir du même mal que son grand-père héraldiste : une arthrite invalidante qui vous déformait les phalanges et vous rendait bientôt incapable de vous en servir. Ce retour en grâce prit vite l'allure d'une course contre la montre. Aux amis de passage, qui ne manquaient jamais de lui demander de leur interpréter tel ou tel morceau, il ne disait jamais non et il ne mentait pas en affirmant que tout le plaisir était pour lui. C'était un grand bonheur perdu puis retrouvé.

Durant ce temps, ma mère poursuivait sa carrière de comédienne, auditionnant pour de petits rôles au studio de Billancourt. Je l'y accompagnais, n'allant pas encore à l'école et, en attendant son tour, elle me récitait ses textes… Oh ! pas vraiment des tirades d'anthologie, ça non, plutôt des phrases d'une minceur en rapport avec le rôle ou la situation qu'elle devait interpréter : « Monsieur m'a chargée de dire à madame qu'il ne dînera pas avec madame ce soir. » Mais, pour un môme de 6 ans, voir sa mère costumée en soubrette répéter plusieurs fois de suite cette réplique capitale en y mettant toute son âme, cela faisait un effet bœuf. Nous rentrions en tramway et, en se mirant dans mes yeux, maman devait se voir aussi belle que les plus belles actrices de l'époque : les Micheline Presle, les Gaby Morlay.

Souvent son amie Évelyne Lambert nous raccompagnait jusqu'à l'octroi. Elle appelait maman « ma choupinette », je n'ai jamais très bien su pourquoi. C'était une blondasse assez olé-olé, mais avec un vrai sens de l'amitié, un côté russe, à la vie à la mort. Quand quelqu'un lui plaisait, qu'elle l'avait à la bonne, elle pouvait se montrer excessivement douce et prévenante, ou d'une violence de tigresse pour défendre ses protégés. Elle ne comprenait pas que ma mère ne fût pas plus connue et elle la poussait à se mettre en avant, à jouer des coudes et du popotin.

– Il faut faire avec ce que Dame Nature t'a r'filé, ma choupinette : avec ta p'tite frimousse à pleurer au bout du quai, tu vaux la Morgan, t'es même bien plus craquante, tiens, faut que tu connaisses le Jeannot (Gabin), t'es son genre tout craché.

50

Mon père n'aimait pas cette Évelyne Lambert qui singeait Arletty. D'une manière générale, il goûtait peu les gens de cinéma, des fumistes et des poseurs qui n'avaient que leur gueule pour fumer. Par contre, il se trouvait tout à fait à l'aise au sein de la communauté montmartroise et il resta l'un des piliers du groupe jusqu'à son explosion au moment de l'arrivée des Allemands. L'ironie féroce d'un Marcel Aymé, ou l'humour vachard d'un Louis-Ferdinand Destouches, le ravissaient. Il lui arrivait de se rendre chez le peintre Gen Paul, avenue Junot. Les fêtes à Gégène étaient réputées, on y buvait, on s'y colletait, on y bouffait du corbeau et du branque, comme au culbuto de la foire du Trône. Cela ressemblait à un cirque, mais pas pour rire.

Charlie Flag appelait mon père Radza. Un grand type au visage poupin, portant des costumes à rayures, les cheveux lissés à la brillantine. À cette époque, il devait avoir 32 ans. Sa mère (unique héritière d'un banquier de Genève) s'était remariée avec un Anglais propriétaire d'un haras dans le Kent et amateur de chasse à courre. Charlie détestait son beau-père au point d'avoir cherché à le tuer au cours des noces célébrées au château de Rochefort-en-Yvelines. L'arme du crime : un bouchon de champagne !

Anglophobe et bagarreur, il avait fait le coup de poing au bar du Savoy, bien connu pour être un repaire de Rosbifs. Il conduisait une Hispano-Suiza couleur cacao et dilapidait l'argent de poche que lui donnait sa mère en fêtes à tout casser. Quand il n'était pas ivre, il pouvait être terriblement ennuyeux. Et lorsqu'il avait bu, il emmerdait tout le monde. Je n'ai jamais vraiment compris comment Flag et mon père s'étaient connus ni surtout comment ils avaient pu devenir si bons amis. Si bizarre fût-elle, leur camaraderie se révéla d'une solidité à toute épreuve. Charlie avait un tempérament d'écrivain, aux dires de Marcel Aymé qui l'encourageait à prendre la plume. Il avait surtout un poil dans la main et invoquait comme prétexte à sa flemmardise l'absence de sujet. « Le jour où j'aurai trouvé un personnage, vous pourrez me réserver une suite au Panthéon ! » Il paraît que mon père s'était proposé d'être ce personnage et que Charlie Flag avait juré de raconter un jour l'histoire du dernier des Radzanov. Il est à peu près certain qu'il aurait tenu parole si sa route n'avait pas croisé celle du marchand de sable, un certain soir de novembre 1943.

Naturalisé en 1927, mon père n'avait pas fait son service militaire en France et fut donc mobilisé en septembre 1939 comme deuxième classe.

nelles, le bon grain se trouvant ensilé dans les chromosomes des Radzanov. « Sa mère crachée », se plaisait à souligner cette grande perfide les jours de colère. Le génie des Radzanov, son fils Dimitri en était l'unique dépositaire. Depuis la mort dans la fleur de l'âge de son autre fils Fédor, le danseur étoile, tous les espoirs de cette génitrice hors pair s'étaient portés sur son puîné, dont elle me martelait le parcours erratique, des éclairs dans les yeux, en me menaçant de son index crochu, comme si c'était ma faute à moi, si mon père avait dévissé :

– À 5 ans, il donne son premier concert ; à 15 ans, il fait déjà de l'ombre à Horowitz ; à 17 ans, il s'engage dans l'Armée blanche ; à 26 ans, il tombe amoureux à en devenir chèvre de cette Violette Marjorie qui ne sait ni lire ni écrire. Il n'y a qu'une chose que mes fils aient ratée : leur mariage. Et comme ils n'ont jamais rien fait à moitié ce fut une foirade absolue.

– Qu'est-ce que vous faites dans le noir ?

Ma mère, rentrée à l'improviste de chez sa voisine Mme Effimof, se tenait sur le seuil et nous observait avec son éternel sourire. Ma grand-mère détourna la tête et sans un mot quitta les lieux.

– J'ai rapporté un pigeon et des navets ! dit ma mère, tout heureuse de nous faire un bon repas.

– Ce soir, je suis invitée ! déclara ma grand-mère en enfilant sa fourrure de renard bleu.

Tous les hommes de notre entourage se trouvaient comme papa au poste de combat. Tous à l'exception de Secret d'État, qui s'était encore débrouillé pour couper à la mobilisation grâce à ses relations avec Émile Demoek. Il travaillait à l'École militaire, aux « écoutes », ce qui ne m'étonnait pas vraiment de la part de quelqu'un qui collait volontiers son oreille aux portes. Lorsqu'il apprit que sa très chère Anastasie était à nouveau catovienne, nous eûmes droit à ses visites coutumières. Il ne devait pas y avoir grand-chose à écouter du côté du Champ-de-Mars à en juger par le temps que Koulikov passait chez nous et le mal de chien que maman avait à l'en déloger.

Je me couchais tôt, et me relevais souffrant d'insomnie. J'aimais m'asseoir sur la dernière marche de l'escalier et écouter les conversations des adultes qui se tenaient regroupés autour du poste à galène. Les veillées se prolongeaient donc tard dans la nuit et maman subissait comme elle le pouvait la présence des deux indésirables. Déjà pas très marrants pris séparément, ils devenaient monstrueux une fois qu'ils étaient ligués. Les parasites qui hier grésillaient dans le poste semblaient avoir envahi le salon et s'être matérialisés en grand-mère et son homme lige. Bien plus tard, je réalisai à quel point ma mère avait dû en baver, tiraillée entre ces deux spécialistes du harcèlement moral qui la torturaient sans laisser de traces.

Durant les neuf mois qui suivirent, ce fut la « drôle de guerre » – expression qui me paraissait naturellement devoir s'appliquer au conflit opposant ma mère à ma grand-mère. Le petit pavillon de Chatou était devenu le siège des hostilités, son centre névralgique, et on se battait sur le front de Seine de manière bien plus tangible que sur la ligne Maginot.

Toutefois, maman demeurait stoïque, s'efforçant de me cacher sa souffrance et s'inquiétant bien plus des privations endurées par mon père que des avanies qu'elle devait essuyer. À peine osait-elle aborder le sujet du sort de son pauvre époux que la vipère plantait ses crochets, jugeant indécent de larmoyer à propos d'un soldat qui défendait sa patrie. Avait-elle pleurniché, elle, lorsque ses chers fils s'étaient engagés dans la Garde blanche ? S'était-elle mise à geindre chaque fois qu'on lui apprenait tel ou tel revers de l'armée de Denikine ?

— Ma petite, disait-elle, jamais vous ne saurez ce que peut endurer une mère. J'avais deux fils, vous m'entendez, mes deux seuls enfants, tous deux jetés au milieu des flammes et sous la mitraille. Deux, deux, DEUX, criait-elle en poursuivant maman tout autour du minuscule pavillon et jusque dans le jardinet envahi de fraises sauvages.

Et Koulikov de lui faire écho, lui, le roi des tire-au-flanc, le planqué majuscule, il en rajoutait à plaisir jusqu'au jour où mon père, alerté par Os de Verre (la fragile Mme Sternberg) de ce conflit parallèle et des affrontements de plus en plus violents qui éclataient à l'arrière, flanquât à la rue Secret d'État au cours d'une permission éclair.

Pour fêter cette victoire éclatante, il nous emmena manger du jambon sur l'île de Chatou. Dans sa tenue bleu horizon, avec sa lourde capote, son calot et ses bandes molletières, mon père, ce jour-là, faisait vraiment figure de héros. Je me serrais contre lui, m'enveloppant dans son odeur de tabac. Nous rentrâmes à la nuit et, au silence particulier qui régnait dans le pavillon seulement troublé par la ritournelle du carillon Westminster, nous ne mîmes pas longtemps à comprendre que ma grand-mère, une fois de plus, avait fait sa valise. Aucun commentaire n'accueillit cette nouvelle débandade, et papa repartit à la guerre en nous promettant de revenir très vite.

La vie reprit un cours plus ou moins normal. Papa au charbon, il fallait bien que maman mette les bouchées doubles. Grâce à sa copine Lambert qui lui dégotait des petits rôles, elle avait fini par croiser la route de Jean Gabin et lui avait même donné la réplique dans un film de Jean Grémillon, *Remorques*. Ces « apparitions » ne suffisaient pas à assurer « la matérielle ». Béni soit Marcel Aymé qui, au plus fort de la tempête, lui dénicha une place de standardiste aux éditions Robert Denoël. Elle rapportait des exemplaires de presse à la maison et il me touche beaucoup de penser que je dois ma passion des livres à une illettrée. Je me souviens entre autres de la première édition illustrée du *Voyage au bout de la nuit* et de l'espèce d'ahurissement qui me saisit en réalisant que le docteur Destouches, cet ours mal léché qui m'avait guéri d'à peu près toutes les maladies infantiles, et Louis-Ferdinand Céline, l'auteur de ce monument, étaient un seul et même homme.

Alors que les nazis avançaient leurs pions, je lisais à maman des morceaux choisis du *Voyage*. Les mains dans la lessive ou épluchant des topinambours, elle approuvait chaque phrase ou presque, réagissant au quart de tour à cette féerie souvent lugubre, ce tour de manège grinçant.

La radio donnait chaque jour des communiqués officiels rassurants, se limitant généralement à « sur l'ensemble du front rien à signaler à part quelques escarmouches ». Notre armée tenait solidement les frontières de l'Est et, avec les copains de l'école, l'on chantait à tue-tête « nous irons pendre notre linge sur la ligne Siegfried ». De temps en temps, les sirènes annonçaient le début, puis, quelques minutes plus tard, la fin d'une alerte où il ne se passait rien. Et l'on s'était habitué à ce calme, confiants dans les fortifications grandioses et inexpugnables qui tenaient l'ennemi en respect. « La dissuasion, tout est dans la dissuasion », continuait à claironner le père Demoek qui poussait la balle au Vésinet en poursuivant son métier de taupe au Quai d'Orsay.

Tout ça pour dire que la brusque attaque arrivant par le nord, au mépris de la neutralité belge, surprit la France entière et, en une brassée de jours du mois de juin, les carottes (qui étaient déjà bien râpées) furent définitivement cuites.

Maman et moi, escortés d'Os de Verre et de la catarrheuse Mme Effimof, poussant une vieille poussette contenant quelques vêtements, nous nous mêlâmes à la foule apeurée pour gagner Paris entre deux rangs de soldats débraillés, sans munitions, attendant d'être faits prisonniers.

Notre point de chute : le poulailler de Montrouge où tonton Freddy, égal à lui-même, nous reçut à bras ouverts. Ce fut par lui que nous apprîmes où se trouvait ma grand-mère, dont nous étions restés sans nouvelles depuis sa disparition. Elle n'était pas retournée dans sa « fournaise mentonnaise » comme nous le supposions, mais habitait une chambre meublée cours Montaigne, où j'irais lui rendre visite par la suite sur les conseils de maman, désireuse d'enterrer la hache de guerre et de rétablir une harmonie toujours précaire qui tenait le milieu entre le château de cartes et la pyramide de verres.

De son côté, papa avait quitté son cercueil de Cercottes et s'était replié avec son unité (et son piano) dans la plus grande pagaille pour échouer près de Bergerac, où l'armistice les immobilisa dans ce qui allait devenir très momentanément la zone libre. Pendant cette période d'incertitude, les soldats ahuris et déboussolés, en attente d'être démobilisés et rendus à leur foyer, logeaient chez l'habitant. Papa avait trouvé refuge à Saint-Aubin-de-Lanquais, un village proche de Monbazillac, chez deux vieilles filles qui, par la suite, nous envoyèrent de loin en loin des colis fort appréciés, mais qui nous parvenaient généralement éventrés, au terme d'un voyage long et tortueux, ce qui procurait aux poulets un goût faisandé.

Dimitri revint à Chatou en octobre 1940. Sa première démarche fut de retourner aux usines Pathé avec une boule à l'estomac, car allait-il récupérer son emploi ? Lors de cette visite, où je l'accompagnais, il rencontra son ancien chef, un nommé Girardot. C'était une « gueule cassée » de la guerre de 14. Il lui manquait la moitié gauche de la mâchoire inférieure, et cette asymétrie du visage s'aggravait lorsqu'il parlait, ce qui déviait encore plus vers la droite le bout d'os restant, provoquant de terrifiants gargouillis dysharmoniques. Cela ne l'empêchait pas d'être un brave homme. De cette entrevue, outre la forte impression que me fit son faciès ravagé, je garde le souvenir d'un bref échange de propos concernant la situation de la France. Girardot dit soudain :

— Nous ne sommes pas seulement vaincus !

Je revois mon père, qui écoutait respectueusement les paroles de son supérieur hiérarchique, prendre l'air étonné de celui qui ne voit pas trop ce qu'on pourrait être de plus, et Girardot de préciser au milieu d'une salve de borborygmes atroces :

— Nous sommes 42 millions de culs !

Papa réintégra ses fonctions et je découvris enfin le lien entre les usines « Pâté-Macaroni » et les ronds de vinyle qu'il rapportait à la maison. On fabriquait à nouveau des disques de musique classique et de variété portant le label « La Voix de son Maître ». Les disques enregistrés à Paris étaient fabriqués à Chatou.

Papa s'occupait des bains de galvanoplastie dans le bâtiment le plus moderne de l'usine, actuellement ruiné, dominant le cimetière des Landes. Tout ce que je peux dire à propos de ses activités, c'est qu'il portait une blouse blanche et des gants et qu'il manipulait des bocaux de différentes couleurs avec une tête de mort peinte sur le couvercle.

En l'accompagnant, j'avais eu l'occasion de jeter un œil au règlement affiché à l'entrée. Les trois premiers articles avaient suffi à me faire comprendre pourquoi mon père regardait tout le temps sa montre. Les ouvriers devaient entrer et sortir à l'heure indiquée par l'horloge de l'atelier. Tout ouvrier qui arrivait en retard ou qui était surpris à traîner dans l'usine après la fermeture au mieux subissait une amende, au pire était viré. Papa parlait peu de son travail et, dans un sens, ça n'était pas plus mal.

Début 41, nous nous installâmes dans un autre pavillon, route de Maisons. Escargotière à un étage, toit mansardé en ardoise triste, perron à auvent dépoli, balustrade en bûche de ciment, un scarabée en céramique au-dessus de l'entrée, un rosier grimpant et trois fusains composent l'idée d'un jardin et complètent ce nouveau ça-me-suffit.

Très vite, la « normalité » comporta de fréquentes alertes diurnes et surtout nocturnes, marquées d'abord par les seuls tirs de la DCA, dont une batterie, installée en gare de Rueil, faisait un fracas assourdissant et parsemait les rues et les jardinets d'éclats déchiquetés plus ou moins volumineux, en forme d'étoile ou de faucille. Avec mes copains d'école, on les ramassait pour en faire collection, chacun exhibant ses trouvailles avec fierté. Mais, par la suite, l'explosion des bombes larguées à haute altitude par les forteresses volantes vint se mêler au concert des sirènes, ce qui me causait une terreur incontrôlable que maman essayait de calmer en me donnant de la jusquiame, cependant que papa restait tranquillement couché, refusant obstinément de descendre à la cave ou d'aller s'enfouir dans les abris situés à cent mètres de la maison. Il avait sans doute raison, le seul intérêt de ses trous à rats étant d'atténuer le vacarme des bombardements et de supprimer de mon champ de vision les ciseaux des projecteurs cherchant dans le ciel criblé de taches lumineuses les escadrilles de la mort.

Dimitri avait une autre raison de demeurer impavide : son piano. Cet instrument était magique, m'expliquait-il pour me rassurer. Une sorte de divinité se cachait à l'intérieur, qui assurait protection et invulnérabilité à son propriétaire et à sa famille.

Une nuit, une bombe tomba tout près de la maison, soufflant les vitres. Le piano-talisman émit une espèce de cri qui n'était ni une plainte ni une note de souffrance, mais bien plutôt un rugissement de colère, comme si la divinité dissimulée à l'intérieur avait voulu manifester son ras-le-bol face à la folie des hommes.

J'avais à peine 10 ans au plus fort des hostilités. Avec le recul, ces années de plomb se confondent en un interminable chien-et-loup sûrement à cause du couvre-feu, qui nous obligeait à jouer au chat et à la souris avec les ombres des patrouilles s'étirant sur les murs. Il fallait sans arrêt tendre l'oreille, ouvrir l'œil comme un animal aux aguets. Souvenirs en noir et blanc d'un monde crépusculaire où le danger était omniprésent et où la peur, son corollaire, agissait comme un énergisant.

Parfois un rouge vif, un jaune d'or se détachent de ce camaïeu de gris. Le coquelicot ornant la boutonnière d'un travesti à l'entrée d'une boîte de nuit dans laquelle mon père et Charlie Flag renoncent à pénétrer à cause de moi qui suis mineur. Que faisons-nous là ? Je l'ignore. Des pissenlits ou des boutons d'or parsèment la pelouse rendue au sauvage d'un château de la région parisienne à l'abandon. Des voitures noires sont garées devant le perron. Je suis assis sur le marchepied de l'une d'elles. Je tue le temps en jouant aux osselets avec des graviers ramassés sur l'esplanade. J'attends. Quoi ? Mystère. Là encore, je n'arrive pas à resituer cette scène dans un contexte précis ni à lui donner un sens. Je revois aussi maman, folle d'inquiétude, faire la vigie devant la barrière du jardin. Papa arrive enfin. Elle court éperdue à sa rencontre. Ils s'étreignent. Beaucoup d'images qui se rattachent à cette époque paraissent appartenir à un rêve, mais c'est un rêve ou un cauchemar qui a vraiment eu lieu, on ne pourra pas me prouver le contraire.

Chaque soir, papa écoute des phrases de poème, ou des petites annonces à la radio. Au moindre bruit extérieur, il coupe le son. Ou bien il s'installe au piano et se met à jouer *Radio-Paris ment, Radio-Paris est allemand*, histoire de se dégourdir les doigts avant d'attaquer Brahms ou Schumann. Un jour que je sifflote ce refrain dans la rue, il me file une superbe calotte. Comme je m'étonne de ne pas pouvoir faire une chose qu'il s'autorise, il me répond :

– Tu n'es pas obligé de copier tout ce que je fais !

Papa s'était remis à jouer. Je n'avais plus l'âge de me blottir contre le piano, l'oreille collée à la caisse de résonance. Désormais, lorsque mon père officiait, il me demandait de tourner les pages de certaines partitions. Bien que n'ayant aucune notion de solfège, je me débrouillais en suivant la ligne mélodique figurée par des montées et des descentes – des montagnes russes ! – et j'arrivais assez bien de cette façon à deviner la musique et à tourner les pages au moment voulu, qu'il indiquait au besoin d'un signe de tête impérieux.

Ma fonction ne s'arrêtait pas à ce simple exercice. Mon père aimait se mesurer aux grands interprètes dont il rapportait les disques à la maison. C'était sa façon à lui de prolonger sa jeunesse en Ukraine, notamment la période où, jeune élève du Conservatoire, il se battait en duel avec Face de Chou. Ce dernier avait depuis lors creusé son microsillon, et mon père, à force de travail et d'acharnement, se sentait d'un niveau suffisant pour se mesurer à son rival de toujours. Les choses se passaient donc ainsi : chaque morceau tenait sur plusieurs 78-tours, ce qui impliquait de tourner ou de changer le disque toutes les trois minutes, ce dont j'étais chargé, puisqu'il fallait bien que mon père fût prêt à chaque reprise. Cela m'obligeait à des sauts d'écureuil pour revenir rapidement auprès du piano et repérer à la volée la ligne mélodique sur la partition. Il m'arrivait plus d'une fois de perdre pied, mais papa me repêchait toujours en donnant le coup de menton qui nous rendait synchros. Cette gymnastique éprouvante constituait une variante musicale de l'Aveugle et du Paralytique, un sport où je me mis bientôt à exceller, l'enjeu étant que mon père tienne la dragée haute à son adversaire. C'étaient les seuls moments où je me sentais en osmose totale avec papa. J'avais le sentiment de participer à ma façon à sa performance. Il me disait : « Allez viens, petit, on va boxer l'ivoire », et je savais qu'il s'agissait plus dans son esprit que d'un simple jeu pour garder la forme. Ce n'était pas une partie de plaisir. Il se battait vraiment contre l'autre, le champion universellement reconnu, et il importait qu'il conserve l'ascendant.

Tandis que le géant Horowitz bataillait sur scène, en pleine lumière, son obscur compatriote rendait coup pour coup dans un pavillon de banlieue aux volets clos. De part et d'autre de l'Atlantique, les deux hommes, reliés par un fil invisible, rivalisaient de brio, frappant les blanches, cognant les noires jusqu'au K.O. Horowitz, groggy, saluait un parterre en liesse. Du fond de sa bicoque en meulière, son fantomatique challenger, tout aussi chancelant, savourait sa victoire.

J'avais à cœur de le soutenir dans l'épreuve. Je n'étais pas seulement témoin de ces tournois prodigieux, j'y participais pleinement en tant qu'écuyer, tendant les lances à mon père jusqu'à ce qu'Horowitz morde la poussière. Il faut dire que ma grand-mère m'entretenait dans cet état d'esprit.

Dans les jours qui précédèrent la débâcle de juin 40, Anastasie, vexée et mortifiée, avait trouvé à se loger dans une chambre de l'Institution Montaigne, ancien cours privé fermé depuis le début de la guerre et dont elle était l'unique pensionnaire. Ma mère avait insisté pour que je conserve le contact avec elle, et plusieurs fois, après la classe, je me tapais le pensum d'aller lui rendre visite dans son pigeonnier, ainsi qu'elle qualifiait sa chambrette située dans les combles du collège.

Difficile de restituer l'atmosphère de cette grande bâtisse silencieuse, échouée en bordure de la rue Camille-Perrier, derrière la mairie de Chatou. En passant la grille, on croyait pénétrer au royaume de la Belle au bois dormant, avec la cour de récréation aux préaux vides, les escaliers monumentaux résonnant de l'écho de mes seules galoches, les dortoirs déserts, à peine troublés par le trotte-menu d'un gros rat... Je grimpais sous les toits, remontais un corridor parcouru de courants d'air et frappais à une porte portant le n° 7.

Généralement il ne se passait rien jusqu'à ce que j'aie montré patte blanche :

– C'est moi !
– Moi qui ?
– Ambroise !
– Ambroise qui ?
– Radzanov !
– Fils de ?
– Radzanov Dimitri. 1, route de Maisons. Chatou.
– Qualité du père !
– Chimiste !
– J'ai mal entendu ?
– Pianiste !

Je percevais le bruit du loquet, et la porte s'entrouvrait très lentement en grinçant comme la grille d'un château hanté. Ces précautions d'usage, qui se répétaient à chaque visite, remplaçaient, je suppose, le mot de passe obligatoire en temps de crise. Mais il s'agissait aussi d'une sorte de lavage de cerveau visant à me mettre en condition.

70

Je découvrais ma grand-mère emmitouflée dans son renard bleu, coiffée de sa chapka aux oreilles de caribou, les mains gantées de léopard, chaussée de ses bottines à boutons, prête à monter dans sa troïka, autrement dit son vieux lit à ressorts, qui occupait la quasi-totalité de l'espace. Avant de passer aux choses sérieuses, elle faisait infuser son thé dans une casserole en fer-blanc posée sur une lampe à alcool. Qu'il semblait loin, le temps des samovars d'argent ! Seuls vestiges de cette époque faste, la façon dont elle était vêtue, ses manières professorales, la bonbonnière à fleurs dans laquelle elle conservait des gâteaux durs comme du bois. Comme je la visitais à l'heure du goûter, inévitablement j'y avais droit. Une fois, je me cassai une dent dessus, ce qui faillit mettre la puce à l'oreille de mon père. Je me souviens aussi de son odeur de vieille personne, de ses mains tavelées et du pinçon de ses ongles quand elle voulait que je sois plus attentif à ce qu'elle me racontait.

– Quelqu'un sait que tu es ici ?

– Non.

– Parfait, approche.

Sa principale occupation était d'inventorier des coupures de presse sur Horowitz. Elle ouvrait son album et me faisait voyager dans une vie qui n'était pas la mienne et qui, petit à petit, allait me phagocyter. Elle étalait sur son lit les photos

71

montrant le maestro dans toute sa splendeur (il n'était question que d'images de bonheur) et me lisait les articles à sa gloire, qu'elle traduisait de l'anglais.

Des témoignages exceptionnels dont elle prétendait avoir l'exclusivité. Comme je m'étonnais de ce privilège, elle me lançait : « Souviens-toi qu'Horowitz nous connaît. »

Elle n'en disait pas plus, prenant cet air d'impénétrabilité qui la faisait ressembler à quelque éminence pourpre du Saint-Siège, noyant les questions des profanes dans un nuage d'encens.

Avant que je m'en aille, elle sortait d'une enveloppe un billet qu'elle ne me tendait pas tout de suite, s'assurant d'abord que j'avais bien tout enregistré et me faisant jurer de ne dépenser ce « trésor de guerre » qu'en cas d'absolue nécessité.

Devinant ma perplexité, elle prenait les devants :

– C'est tout ce que j'ai pu sauver du sac des bolcheviks. Je te conseille d'y veiller comme sur la prunelle de tes yeux. Et n'oublie jamais que c'est de l'argent Radzanov !

J'avais beau être très jeune et ne pas tout saisir, sur ce point précis, il n'existait pas la moindre ambiguïté sémantique : en aucun cas ma mère ne devrait de près ou de loin bénéficier de cette manne.

Séance après séance, je cessai d'être dupe et commençai à réaliser que cette histoire s'adressait en vérité à mon père et que ma grand-mère se servait de moi comme du cheval de Troie. Elle me confiait des choses en me donnant de l'argent pour que je les répète à la maison, mais sans préciser mes sources, car elle ne voulait surtout pas que l'on soupçonne nos conciliabules dans cette mansarde au-dessus des marronniers.

Je pris vite goût à ce métier d'agent de liaison, qui me permettait de m'amuser aux dépens de l'indigne vieille dame tout en stimulant mon père dans ses joutes musicales. La mère et le fils s'étaient remis à dialoguer par personne interposée et autour d'un sujet assez peu en rapport avec ce qui préoccupait l'ensemble de la population française. Des accords de Vichy aux premières heures de l'Occupation, il n'était pratiquement pas question. Le grand perturbateur de la planète n'était pas Adolf Hitler, mais Vladimir Horowitz, un juif exilé aux USA, dont nous suivions les exploits depuis la banlieue parisienne tombée sous la botte nazie.

Mon père rentrait de l'usine en même temps que je revenais de chez mon informatrice, et voici ce que cela donnait. Il s'installait devant son clavier et, tandis qu'il choisissait une partition, je récitais comme un perroquet les derniers potins de ma grand-mère en prenant la voix du speaker de Radio-Paris.

– On le tient de source officielle, Horowitz va interpréter Rachmaninov sous la direction du grand Arturo Toscanini. Les deux hommes se sont rencontrés dans les salons de l'hôtel Astor. Le courant est passé.

Mon père écrasait sa cigarette dans un cendrier en forme de trèfle et, sans la moindre animosité, il me disait :

– Et alors ? Ils se sont électrocutés ?

Ou bien je déclarais la bouche en cœur que c'était en jouant une mazurka de Chopin qu'Horowitz avait séduit Wanda, la quatrième fille de Toscanini.

– Un garçon manqué, je présume ! disait mon père.

Ou encore, je répétais ce mot d'un critique idolâtre :

– Si, par quelque miracle de la médecine ou du ciel, il était donné à un sourd de naissance d'entendre pour une heure seulement, il serait bien avisé de passer cette heure avec Horowitz !

– Qui t'a raconté ça ?

– Grand-m… Euh… je l'ai écouté à la radio !

– Mieux vaut avoir les deux tympans percés que d'entendre de telles inepties ! marmonnait papa.

Il était agacé, je le savais. Mûr pour monter sur le ring et mettre la pâtée à ce crâneur de New York que je me représentais sous les traits d'un lièvre en smoking.

Je tirais de sa pochette le *Concerto n° 3* de Rachmaninov, que je déposais avec soin sur l'électrophone. À peine le saphir avait-il effleuré la surface gondolée emplissant le haut-parleur d'un grésillement lourd de promesse que mon cœur s'arrêtait de battre. Les doigts de mon père s'abattaient sur les touches en même temps que ceux d'Horowitz, et c'était parti pour vingt belles minutes de castagne étincelante.

Lorsque je revenais vers ma grand-mère et qu'elle prenait la température régnant route de Maisons, je retournais le couteau dans la plaie en affirmant que papa rentrait de plus en plus tard de chez Pathé pour avaler sa soupe et se coucher.

Pourquoi mon père n'abandonnait-il pas son obscur travail pour devenir concertiste ? Cette question qui ne laissait pas de tarauder ma grand-mère ne pouvait que m'interpeller. À force de courir après son lièvre, papa avait acquis une vélocité fantastique et pouvait prétendre devenir l'égal des plus grands. Or, il ne semblait nullement partager ce point de vue, estimant que ses effets de manche n'avaient rien à voir avec la musique. Il s'était apparemment résigné à son sort de fabricant de galettes. Les matchs de foot, les soirées russes, les parties de tennis, une épouse en or, un fils bientôt chirurgien, que pouvait-il souhaiter de plus ? Il ne désirait rien d'autre que ce qu'il possédait, au grand dam de ma grand-mère qui enrageait face à l'échec de sa manœuvre pour le propulser en haut de l'affiche… Elle ne comprenait pas son manque d'ambition, et qu'il pût préférer à la gloire et aux honneurs cette petite vie de banlieusard lui semblait édifiant et pathétique.

Bien entendu, le combat de titans que se livraient mon père et Horowitz me passionnait bien plus que l'affrontement qui opposait l'ogre de Berchtesgaden au reste du monde. J'étais un enfant solitaire et rêveur, assez effacé, qui, sa journée de classe terminée, regagnait son théâtre de poche pour y retrouver ses deux monstres sacrés, Dimitri et Volodia. Je remontais en courant le chemin des impressionnistes, le long de la Seine, et, négligeant mes devoirs, je me précipitais dans la pièce aux volets clos pour installer le décor, ainsi que je l'avais vu faire maintes fois au studio de Billancourt par toute une noria de machinistes.

Quand mon père rentrait de l'usine, tout était prêt : l'électrophone, les vinyles, les partitions. J'avais même pris soin de passer le clavier à la peau de chamois. Papa, fatigué et soucieux, enfilait ses pantoufles de Saint-Mandé, allumait une cigarette et m'écoutait lui dérouler les dernières nouvelles puisées cours Montaigne : Horowitz a fait ceci, Horowitz a joué cela.

— Les salles sont trop petites pour contenir la foule qui se presse à ses concerts, on doit casser les murs !!! Il est porté jusqu'à son piano par une marée humaine !!! On l'a reçu à la Maison Blanche en grande pompe, mais en prenant soin de ne pas dérouler le tapis rouge, car c'est une couleur qu'il déteste !!! Une heure après avoir joué le *Carnaval* de Schumann, il paraît que les touches de son Steinway fumaient encore !

Papa hochait pensivement la tête et me laissait choisir le programme tout en précisant qu'il n'y aurait pas de bis et que, sitôt le rideau tombé, je devrais me plonger dans mes leçons jusqu'à l'heure du souper.

Mes parents étaient alors loin de se douter du cataclysme que ces duels musicaux provoqués par la mania de ma grand-mère avaient soulevé dans mon esprit. Soir après soir, le fossé s'approfondissait entre le monde réel et mon imaginaire. Le jour où j'eus le toupet de déclarer que je voulais devenir non pas musicien (ma grand-mère m'en ayant à jamais dissuadé), mais impresario, papa piqua une colère brève mais redoutable qui me remit illico la tête à l'endroit.

— As-tu idée de ce que cela représente…

Et de clore aussitôt le chapitre en déclarant :

— J'ai été le premier à dire qu'il n'existait rien au-dessus d'une profession libérale. Nous serons médecin, point !

Durant une assez longue période, d'Horowitz il ne fut plus question. Désormais, papa, négligeant son piano, me faisait bûcher mes leçons. S'il semblait avoir tiré une croix sur sa carrière, il était en revanche très attentif à mon propre avenir. Il ne s'agissait pas d'être un dilettante comme lui, mais que je sois le premier et le meilleur dans toutes les disciplines, à l'exception hélas de celle qu'il se gardait d'ailleurs bien de m'enseigner.

Mary had a little lamb, it's fleece was as white as snow !

Cette petite phrase dont j'ignorais totalement le sens, combien de fois papa me la fit répéter, à vitesse grand V, avec de la bouillie dans la bouche après avoir insisté pour que je prenne l'anglais en première langue et non l'allemand, contrairement à la majorité de mes petits camarades, dont les parents s'étaient trop vite résignés. Plus tard, Nicolas Effimof m'expliqua l'histoire de cette Mary au mouton blanc, rendue immortelle par Thomas Edison, le génial inventeur du phonographe, lequel aurait ânonné cette berceuse pour réaliser le premier enregistrement sonore. Et papa d'ajouter :

– Tu n'es tout de même pas plus bouché qu'un cylindre de cire.

Il m'encouragea aussi à me façonner un corps d'athlète – et ce au cas où, malgré tout, les Aryens l'emporteraient, configuration hautement envisageable, qui aurait pour conséquence première l'extermination de tous les avortons – et, dans la foulée de cette pertinente analyse, il m'inscrivit au stage d'initiation gratuit que Jean Borotra dirigeait à Roland-Garros chaque samedi matin. Comme pour toute chose, mon père recherchait ce qu'on faisait de mieux et, selon lui, Borotra était le « mec le plus ultra » du circuit. En trois coups de cuiller à pot, il allait faire de moi un champion.

Ces « expéditions » porte d'Auteuil tournèrent vite à la Bérézina. Papa me haranguait depuis les gradins. Et il engueulait Borotra chaque fois que je ratais un coup. Le Basque bondissant n'avait pas mis longtemps à dégringoler dans son estime et, dans les trains gris nous ramenant à Chatou, Dimitri ne décolérait pas, traitant par le mépris celui dont il n'avait cessé de louer l'agilité et le panache. Par manque d'argent, l'on n'avait pu m'offrir la tenue ad hoc et je me traînais sur les courts avec mes galoches de collégien assez peu adaptées à la terre battue. À force de s'entendre critiquer, Borotra finit par sortir de ses gonds, et le seul échange qu'il eut avec mon père s'inscrit dans la droite ligne des combats de mousquetaires.

— Commencez par lui offrir des chaussures de sport, monsieur !

— On peut être fort bien chaussé et jouer comme un pied, monsieur !

Finis donc les samedis d'Auteuil. Désormais, c'est Dimitri en personne qui allait me prendre en main. Mais, trop perfectionniste, ne me passant aucune faute, il se révéla un pédagogue exécrable et, au vu de cette malheureuse expérience, j'eus moins de regrets qu'il n'ait jamais cherché à me transmettre son art.

Nous entrâmes dans les heures noires de l'Occupation. Leur nom avait valu aux Sternberg de porter l'abominable étoile jaune. Ils habitaient alors un appartement fort sombre, rue Bergère, tout près des Folies, un endroit, disait l'homme à la voix de basson, où les rats eux-mêmes n'auraient pas voulu vivre. Il n'empêche qu'ils se trouvaient pris dans une sacrée souricière. Ils ne sortaient plus de chez eux, et nous nous préoccupions tous beaucoup de leur sort, à commencer par ma grand-mère, qui pourtant n'avait jamais caché son dédain vis-à-vis de la race des élus. Or, elle avait de la considération et de l'amitié pour les Sternberg, et cet infâme bout de tissu les désignant à la vindicte barbare avait au moins eu pour effet de la rendre plus humaine.

Les rafles se multipliant, il était urgent de trouver une solution pour nos amis.

— Quel dommage que ton père se soit brouillé avec Koulikov. Il pourrait nous aider. Il paraît qu'il occupe un poste-clef à la préfecture.

Papa refusait de baisser sa culotte et ne dissimulait pas son dégoût pour cet inquiétant personnage, soupçonné d'avoir « épuré » le tennis-club du Vésinet. Maman et les Effimof conseillaient à mon père de mettre la sourdine.

— Ne parle pas si fort. Tu vas finir par nous attirer des ennuis !

Dimitri haussait les épaules et se moquait de la pusillanimité ambiante.

— Si les Français avaient le cran de dire tout haut ce qu'ils pensent tout bas, nous n'en serions pas là.

Selon lui, Secret d'État méritait le peloton d'exécution. Pour sauver les Sternberg, il fallait tirer d'autres chevillettes. Émile Demoek grenouillait toujours au Quai d'Orsay, mais on ne savait trop de quel bord il était. À voile et à vapeur. Ainsi naviguait-il.

Il n'était pas dans la nature de mon père de se décourager. Il avait trop souffert de la terreur rouge pour ne pas éprouver face à la peste brune le même rejet viscéral. Ce n'était pas le seul aiguillon à sa révolte. J'avais appris (par qui l'on sait) que, de son côté, Horowitz multipliait les concerts caritatifs. Les fonds étaient entièrement versés aux premiers réfugiés fuyant les pogroms. Papa ne pouvait pas être en reste.

Il continuait à fréquenter la bande de Montmartre, du moins certains de ses membres, qui n'avaient pas choisi de caresser la bête immonde dans le sens du poil. Tonton Freddy, Charlie Flag et Marcel Aymé entretenaient de bonnes relations avec l'armée des ombres.

Une nuit, j'avais été réveillé par des murmures, des chuchotements montant du jardinet. Je m'approchai de la fenêtre. Des formes indistinctes complotaient sous les tilleuls. Je reconnus mon père en pyjama, qui soutenait un homme tenant à peine sur ses jambes. Je descendis l'escalier en tapinois. Maman faisait chauffer de l'eau et préparait des compresses. Papa discutait mezza voce avec son ami Charlie Flag avachi sur un tabouret, au milieu de la cuisine. Celui-ci avait le visage tuméfié. Un œil ouvert, l'autre fermé. De la morve noire coulait de son nez sur sa moustache. Du sang poissait ses cheveux hirsutes. Il souffrait de troubles de l'élocution, et je ne comprenais pas tout ce qu'il disait. Les manteaux de cuir l'avaient alpagué et conduit à l'hôtel Majestic. On lui avait tapé sur le crâne avec des sacs de granulat durant des heures. Il s'interrompit en m'apercevant, prostré sur le seuil. Il m'invita à approcher.

– J'ai boxé toute la nuit avec le marchand de sable, mais, tu vois, c'est lui qui s'est fatigué le premier…

Son sourire édenté m'effrayait plus qu'il ne me rassurait. On me renvoya au lit avec la trouille que le marchand de sable ne s'intéresse de plus près à mes insomnies.

Plus tard, j'apprendrais que les coups reçus à l'hôtel Majestic avaient laissé des séquelles irréparables. Charlie Flag ne savait plus ni lire ni écrire. Cet auteur en puissance, admiré par Marcel Aymé et Louis-Ferdinand Céline, ne ferait jamais le roman de la vie de Dimitri, comme il en était souvent question avant la guerre. Un pianiste qui fabrique des disques pour ses confrères et un écrivain frappé d'analphabétisme, les deux vraiment faisaient la paire.

À quelle intervention providentielle Charlie Flag dut-il la vie ? Peut-être à son ex-maîtresse Évelyne Lambert, qui, à l'instar de son modèle Arletty, fricotait avec ces messieurs de la

Wehrmacht. Quoi qu'il en soit, Charlie Flag n'était plus une solution pour les reclus de la rue Bergère.

À cette époque, je commençais à comprendre beaucoup de choses grâce à notre instituteur, un fervent communiste, friand de métaphores.

— Imaginez, nous disait-il, une poire dont une moitié serait saine et l'autre blette, et vous aurez une idée de ce qu'est devenue la France.

— Ce n'est pas inexact, dit mon père. Un jour, il faudra que ton instituteur passe prendre l'apéritif à la maison. Je lui expliquerai qui est Lénine.

— Il le sait.

— Non, il ne le sait pas.

— Mais si. Il porte la même barbiche que lui.

— Tout homme intelligent sachant qui est Lénine ne porte pas la barbiche de Lénine !

Bref, tout ce qu'il fallait retenir, c'est qu'il y avait d'un côté les occupants, de l'autre les occupés.

Maman, qui tenait toujours le standard chez Denoël, n'avait pas voulu abandonner sa carrière de comédienne, passant outre les mises en garde de mon père, qui dénonçait la mainmise de la censure allemande sur le cinéma et l'édition. Or, il n'y avait pas que des collabos parmi les « poseurs et les fumistes ». Prévert, Carné,

Trauner, Cosma… À l'époque, ces noms qui revenaient de temps à autre dans la conversation ne m'évoquaient rien. Prévert, je l'avais croisé une ou deux fois, quai du Point-du-Jour. Un type un peu lourdaud, l'air toujours bougon, parlant sans arrêt en bouffant ses mégots. Il aimait les enfants et, lorsqu'il me voyait, son visage s'étirait soudain comme celui des clowns. Il venait de loin en loin à Paris, vivant la plupart du temps à la Colombe d'or, un hôtel de Saint-Paul-de-Vence où défilait le gratin du septième art. Il avait été l'un des premiers à comprendre que les juifs risquaient leur peau, exhortant ses amis Cosma et Trauner à le suivre au royaume des cigales pour s'y faire oublier le temps qu'il faudrait. Maman avait eu vent de cette histoire et saisi la balle au bond. Prévert l'écouta et fit le nécessaire auprès de ses amis résistants pour qu'on évacue aussi les Sternberg. Hélas, une descente de police rue Bergère ruina ce plan d'évasion. Nous étions en juillet 42. La grande rafle du Vel' d'Hiv' avait débuté.

Vingt-quatre heures après la rafle, on avait entendu gratter à la porte de notre pavillon. Papa éteignit la radio, passa sa robe de chambre et alla ouvrir. C'était Moïse, le berger allemand que les Sternberg avaient trouvé un jour de l'automne 1938 alors qu'ils se promenaient dans la forêt de

Marly. L'animal, blessé à la patte, clopinait à travers bois. Il ne portait aucun collier. Nos amis l'avaient recueilli et soigné. Depuis lors, le berger leur obéissait au doigt et à l'œil. Il savait se taire quand la situation l'exigeait. Je le revois, rue Bergère, couché au pied du lit, muet comme la tombe. Après la rafle, il avait dû traverser toute la banlieue ouest, son flair infaillible le guidant vers notre maison. Son piètre état attestait qu'il s'était battu avec d'autres chiens et des miliciens. Nous l'avons retapé et, comme il semblait se plaire en notre compagnie, nous l'avons gardé. Chaque soir, avec mon père, on l'emmenait à Bougival courir autour de la datcha d'Yvan Tourgueniev. Une patrouille allemande vint à passer. Moïse sauta à la gorge de l'officier. Un soldat l'abattit sur place et lui fracassa le crâne à coups de crosse cependant que deux autres vert-de-gris nous menaçaient de leur mauser. Papa leur expliqua dans un allemand impeccable que ce chien ne nous appartenait pas. On nous demanda nos « papirs ». Mon père était sorti sans. Les soldats le forcèrent à s'agenouiller devant l'officier, lequel tira son revolver de son étui et appliqua le canon contre la tempe de Dimitri. J'étais terrorisé. Mon père bredouilla quelque chose que je ne compris pas. L'officier aux yeux de faïence me fit signe d'approcher.

— Ton père… Terrorist !

— Non, dis-je. Pianiste !

J'ignore ce que ce mot provoqua chez nos bourreaux, mais on nous laissa miraculeusement partir.

Après le drame des Sternberg, le ressentiment de ma grand-mère pour ma mère vira à l'obsession. « Elle porte malheur à tous ceux qu'elle approche ! » Ce genre de remarque, fort heureusement, ne sortait pas des quatre murs de sa thébaïde, et j'étais le seul à en subir la rage outrancière.

Papa, quant à lui, poursuivait sa lutte en solo. Après l'usine, délaissant son clavier, il s'enfermait à la cave jusqu'à parfois laisser filer l'heure sacro-sainte du dîner. Par le vasistas entrouvert s'échappaient les volutes des cigarettes qu'il consommait sans modération, penché sur son établi. Maman mit un certain temps à percer cet écran de fumée. Son incorrigible époux avait ressorti le vieux carnet de moleskine renfermant les plans et les formules de la machine infernale destinée jadis à transformer Lénine en chair à pâté. Ce fut la première et la seule fois que je vis ma mère se mettre en colère. Le carnet finit dans la cuisinière à bois, et papa, contraint de renoncer à ses velléités d'attentat contre Hitler, reprit l'habitude de dîner en famille après s'être offert deux, trois rounds avec Face de Chou, histoire de se calmer les nerfs.

Les restrictions ajoutées aux incessantes allées et venues entre Billancourt et Chatou au pas de charge pour respecter le couvre-feu, la tension permanente dans laquelle nous vivions, tout cela avait fini par entamer sérieusement la santé de maman. Elle avait beaucoup maigri, et la petite frimousse qui faisait tout son charme accusait une pâleur de lys. Cependant, elle s'efforçait de ne rien laisser paraître de sa fatigue, continuant à mener de front sa vie professionnelle et son rôle de mère et d'épouse.

J'avais 14 ans à la Libération. En matière d'ignominie et de lâcheté, je pensais avoir fait le tour de la question. Cette année-là, il neigea au mois de mai. En août, les chars Leclerc pavoisés descendaient les Champs-Élysées noirs de monde. Debout à l'arrière d'une jeep américaine, Émile Demoek, ceint de l'écharpe tricolore, saluait les Parisiens en liesse.

Tout le monde ne partageait pas l'euphorie cocardière. Secret d'État avait été abattu, avenue Bosquet, au pied d'une colonne Morris. Évelyne Lambert, menacée du rasoir mécanique, avait fui en Amérique du Sud. Réfugiés politiques au château de Sigmaringen, dans le Bade-

Wurtemberg, le docteur Destouches et sa femme s'apprêtaient à affronter la haine de toute une nation. Quant au patron de ma mère, Robert Denoël, traîné devant les tribunaux pour avoir publié Céline et Rebatet, il allait finir assassiné, boulevard des Invalides, la veille de son procès.

Ces événements petits et grands laissaient mon père de bois. Claquemuré dans son escargotière, il n'écoutait même pas la radio. Sourd au conseil de ses proches, qui l'exhortaient à fermer son clapet, il s'était fait du tort par cette incapacité à résister au plaisir de décocher des piques, qu'il devait là encore tenir d'Anastasie. À propos, ma grand-mère n'habitait plus cours Montaigne, qu'emplissaient à nouveau les cris des martinets et les sifflets des surveillants. Elle était partie se refaire des globules dans le chalet de son père, à Vevey. Elle m'envoya une carte postale pour mon anniversaire. Elle y joignit un peu d'argent, qui devait grossir le « trésor de guerre », conformément à notre fameux arrangement.

Pour en revenir à papa, voici ce qui s'était produit quelques jours après le suicide d'Adolf et d'Eva en leur bunker berlinois. Durant cette période assez glauque où l'épuration mélangea les accusations justifiées aux règlements de comptes sommaires, un tribunal d'exception siégea aux usines Pathé et promulgua le limogeage de tous les cadres sous les prétextes les plus arbitraires. À propos des Anglais bombardant Paris, en avril 44, au beau milieu de la semaine sainte, mon père avait dit : « Ils feraient mieux de nous envoyer des œufs en chocolat, cette bande de cloches ! » Moi, ça m'avait bien fait marrer, mais il faut croire que l'humour, comme le bon sens, est la chose du monde la mieux partagée. En réalité, papa n'avait jamais fait mystère de ses opinions anticommunistes, et les membres du Parti, qui statuaient majoritairement dans ce fameux tribunal, trouvèrent là une bonne occasion de le lui faire payer. Ces jugements à l'emporte-pièce n'étaient pas seulement éhontés, ils ne reposaient sur aucune base légale, mais, par lâcheté, la direction entérina la décision de virer papa et ses collègues de chez Marconi, et l'on se retrouva du jour au lendemain la tête dans le pâté.

1946. Le jazz explosait à Saint-Germain-des-Prés. Cette formidable joie de vivre servant d'exutoire à cinq ans de frustration contrastait avec la tristesse et le désarroi qui régnaient à la maison. Décidément, nous – les Radzanov – étions montés à l'envers. L'Amérique débarquait. Tout semblait OK. Complètement K-O, mon père n'avait plus de goût à rien. Ce renvoi brutal, précédé de cette parodie de procès à la

Franz Kafka, l'avait précipité dans un état d'égarement proche de la folie. Il ne savait plus où il en était. Pire, il ne savait plus qui il était. Il avait cessé d'être russe et la France, qu'il avait adoptée, cette patrie de substitution pour laquelle il s'était battu, le rejetait. D'apatride, il était devenu paria. Cette humiliante dégradation avait réveillé le complexe de défaite qui lui collait aux basques depuis le désastre de 17. La vieille blessure s'était remise à saigner. On ne pouvait pas lutter contre son fatum. Perdant il était né. Et il aurait beau lutter, protester, remuer ciel et terre, se mettre un plat à barbe sur la tête et se battre contre les ailes des moulins à vent, perdant il mourrait.

Le dimanche matin, au lieu d'aller au foot, il restait au paddock. Il bouda même la venue de l'Araignée noire au stade de Montesson lors d'une rencontre amicale opposant l'équipe des usines Pathé à celle de l'usine de Touchino. Dommage ! Il aurait pu être le premier à dire tout le bien qu'il pensait de ce Yachine, gardien au célèbre habit noir, lequel, dans les années 60, allait faire triompher l'équipe d'URSS en se déployant devant le but à la manière d'une mygale tissant sa toile.

Sa raquette, serrée dans sa presse à vis papillons, ne quittait pas le dessus de l'armoire. On se remettait pourtant à gambiller sur les courts du Vésinet, en tenue légère. Je commençais à reluquer les jambes des filles et cela devenait de plus en plus insupportable : toute cette montée de sève, ce printemps dans les cœurs et la noirceur où Dimitri semblait se complaire et nous entraîner, ne faisant même pas l'effort de rechercher du travail. Sans titre d'ingénieur et avec cette pancarte « licencié » qu'il portait comme un phylactère, il ne pouvait espérer au pire que des rebuffades, au mieux des sourires compassés.

Le fauve blessé ne quittait sa tanière que pour accompagner Charlie Flag dans sa tournée des zincs de banlieue, où les deux amis, unis dans la débine, laissaient parler leur rancœur en tirant à boulets rouges sur le monde entier.

Malade, diminuée, Violette s'exténuait à faire bouillir la marmite. Il m'arrivait, après le lycée, d'aller l'attendre à la sortie de son travail. Ces guets, rue Amélie, resteront toujours associés dans mon esprit à l'odeur du muguet. Juste en face de chez Denoël se trouvait un fleuriste. Une publicité peinte sur la façade m'intriguait :

« Il n'y a pas d'industries de luxe,
il y a des industries françaises.
La FLEUR pour les Français qui en vivent est
aussi importante que L'ACIER. »

92

On rentrait en train après avoir gagné à pied Saint-Lazare. Je donnais le bras à maman, qui ne pesait pas plus lourd qu'un ballon d'enfant. Sans le dire, nous appréhendions tous deux de retrouver l'atmosphère plombée du petit pavillon où mon père pourrissait sur pied. Je voulais interrompre mes études pour me lancer dans la vie active. Rassemblant ses dernières forces, maman y mit tout de suite son veto. Renoncer à la médecine, ce serait assurément pour mon père le coup de grâce. Je me laissai fléchir par l'air du *Train sifflera trois fois* : « Si toi aussi tu l'abandonnes... »

Le plus dur, c'était le silence. Le piano restait fermé. Je n'arrivais plus à me concentrer sur mes leçons, cherchant dans ma tête un horizon à cette vie bouchée. Il fallait agir vite et frapper fort. Face de Chou vola indirectement à mon secours.

Juste avant la guerre, ma grand-mère s'indignait à propos du crapaud sur lequel était contraint de jouer mon père, alors qu'Horowitz « roulait en Steinway ». Elle en riait de colère, trouvant injuste que le meilleur des deux se traînât une telle guimbarde. Qu'il pût en tirer malgré tout des sonorités sublimes donnait bien sûr à sa prouesse un éclat supplémentaire. Sa bile s'échauffait et elle versait alors dans la métaphysique, s'interrogeant d'un timbre haut perché sur le mystère des destinées. Qu'est-ce qui faisait que les uns chevauchaient à l'empyrée et que les autres ramaient comme des galériens sur les eaux fétides du Styx ? Sûrement pas le talent ! Dans le secret de son cœur, elle continuait à croire que son fils était à Volodia ce que Mozart était à Salieri. « Ah ! si ton père avait possédé un Steinway, nous ne serions pas là à nous égosiller ! »

Prenant mon courage à deux mains, j'écrivis à ma grand-mère. Je désirais vider mon bas de laine, principalement garni de l'argent qu'elle m'avait donné pour que je parle d'Horowitz à mon père – le fameux trésor de guerre auquel je ne devais toucher qu'en cas de force majeure. Par retour du courrier, Anastasie me donna son aval, tout heureuse que je n'aie rien dilapidé et se réjouissant de l'usage « si romantique » que je comptais faire de notre « cochon ». Lesté d'une coquette somme, j'allai consulter un ancien collègue de chez Pathé qui avait trouvé à s'employer chez un facteur d'orgues de Jouy-en-Josas. Il me dégota une occasion quasiment neuve. Oh ! ce n'était pas le Steinway tant convoité par ma grand-mère, mais un Érard demi-queue tout à fait acceptable, en tous les cas sans commune mesure avec le crapaud. Nous le conserverions comme talisman. Après tout, il nous avait protégés durant les bombardements.

Ce fut mon père qui ouvrit aux deux portefaix venus livrer le morceau. Comme il ne passait pas par la porte, il fallut l'introduire par le bow-window du salon, ce qui occasionna un dérangement considérable, fit couler des litres d'huile de coude et entraîna le passage du vitrier. Mon père m'engueula copieusement pour ce « cadeau empoisonné », ce qui était sa façon de montrer qu'il était touché. Et puis, au regard doux et fatigué de maman l'implorant d'accepter cette offrande, il comprit qu'il avait assez fait l'imbécile et qu'il était grand temps de repartir du bon pied. Un autre événement l'aida à vaincre sa déréliction.

Charlie Flag habitait un grand appartement juste en face de la singerie du cirque Medrano. Il le louait une bouchée de pain à cause des animaux qui gueulaient toutes les nuits, rendant le sommeil impossible. Noctambule endurci, Charlie se moquait bien du rire des macaques. Il y voyait comme un salut confraternel. Il fabriquait une monoplace dans son salon envahi de papiers journaux censés protéger le parquet du cambouis. Son but était de participer au 24 Heures du Mans. Il avait inventé un système pour pisser en pleine course. Un tuyau en caoutchouc reliant sa braguette à la piste. Le 7 mars 1947, veille de ses 40 ans, Charlie Flag se suicida dans son salon-garage en inhalant les gaz d'échappement de son prototype avec sa canule urinaire.

Papa sortit donc de son dangereux renoncement et vint reprendre sa place parmi le cercle des vivants. Il avait retrouvé son mordant grâce à l'affection de ses proches et à la musique. Je crois, sans être un spécialiste, que c'est à ce moment de notre vie que le virtuose qui sommeillait en lui se rapprocha le plus de la perfection. Ce n'était plus le funambule du clavier, mais un homme revenu de tout qui laissait parler son cœur. Non, sa musique n'a jamais été aussi belle qu'en ces longs jours d'été, à Chatou, où il jouait sans se battre contre un fantôme, mais avec un relâchement, une liberté qui communiquaient à ses interprétations un bonheur jamais égalé. Il le faisait pour nous seuls, ce qui ajoutait à sa performance, et nous ne pouvions douter que c'était bien l'amour – celui qu'on lui prodiguait et celui qu'il nous témoignait – le moteur de sa renaissance.

Vint la terrible année 1948. Deux à trois fois par semaine, maman devait se rendre à l'hôpital Cochin, où elle était suivie désormais. Papa avait déniché un vague emploi dans une usine de colle située porte de Charenton. De mon côté, je poursuivais une scolarité en dents de scie au lycée Janson-de-Sailly où l'on avait pu m'inscrire grâce à l'entremise d'un professeur bienveillant. Entre le travail, les trajets et les soins, la musique demeurait notre seul ciment.

Quand, tard le soir, papa, surmontant sa fatigue, nous régalait d'une sonate de Prokofiev ou d'un adagio de Chopin, la poussière et l'anxiété accumulées tout au long du jour se dissipaient pour faire place à un indicible bien-être. Nous étions tous les trois unis et heureux le temps d'un morceau. J'observais ma mère à la dérobée et je retrouvais un peu de sa fraîcheur d'antan derrière le masque effrayant que la maladie s'acharnait à lui dessiner. Et je suppliais mentalement mon père de ne pas s'interrompre, conscient qu'à peine le silence revenu maman replongerait dans des abîmes de souffrance et redeviendrait cette créature décharnée, aux yeux cernés de noir, qui s'éloignait chaque jour davantage sans que nous puissions la retenir. « Joue, je t'en prie. Ne t'arrête pas ! » Et papa jouait, jouait, jouait, luttant de toutes ses forces contre l'ennemi implacable qui tenait serrée entre ses griffes son adorée, s'efforçant d'arrêter l'écoulement du temps, lui qui autrefois mettait un point d'honneur à remonter le carillon et repousser la grande aiguille sur l'heure exacte.

Dans les eaux glacées de février 1949, le docteur qui la soignait à Cochin conseilla à maman un séjour au sanatorium, sans cacher à mon père le peu d'illusions qu'il nourrissait quant au résultat. Pour ne pas enterrer tout espoir, il ajouta : « On peut être pessimiste et continuer à y croire ! »

Papa s'emporta contre ce mandarin à la morgue inqualifiable, qui se vantait presque de ne pas croire en ce qu'il faisait. Remonté comme une pendule à treize coups, il essaya de recourir à la « science parallèle » – tous ces soi-disant savants qui, sur le dos des toussoteux moribonds, se livraient une concurrence acharnée en brandissant chaque jour ou presque une thérapie révolutionnaire, un remède infaillible. Seul petit problème, ces charlatans faisaient payer fort cher leur intervention et nous étions fauchés comme des arlequins. Je tentai de raisonner mon père en lui faisant comprendre à demi-mot, et en veillant à ne pas le désoler encore plus, toute l'inanité de sa démarche.

Au bout du compte, et après avoir bien tempêté, il revint au conseil du patron de Cochin.

Nous irions en Suisse, là même où des années plus tôt il avait passé des vacances en compagnie du bon vieux Gorowitz. Ma grand-mère avait depuis longtemps déserté le chalet grand-paternel pour recoller à l'ennui et à la torpeur des jardins de la villa Serena, à Menton, pestant contre les estivants, ces modernes barbaresques qui faisaient de plus en plus d'ombre aux hivernants. Nous avions le champ libre.

C'était la première fois que nous partions en vacances tous les trois. La montagne, je ne la connaissais qu'à travers les récits de ma grand-mère et les rares photos prises avant la Révolution, lorsque les frères Radzanov débarquaient sur les bords du Léman, leur raquette sous le bras. Cela me fit tout drôle de fouler à mon tour le mâchefer de la gare de Vevey. Et je crois que papa n'était pas moins ému de retrouver le décor de sa jeunesse avec, marchant à ses côtés, un grand dadais qui, du moins physiquement, était la copie conforme du jeune homme qu'il avait pu être.

Il insista pour qu'on joue au tennis. Il promit de ne pas se mettre en colère. Je lui fis remarquer que nous n'avions ni raquette ni balle et qu'on avait ôté le filet du court fermé durant la morte-saison. « Et alors ? me dit-il. Je ne vois vraiment pas où est le problème ! » Il fit monter maman bien emmitouflée sur la chaise d'arbitre et nous feignîmes de disputer un set, en mimant chaque échange avec des boules de neige cependant que ma mère annonçait les points. Ce fut l'unique fois que je battis mon père et qu'il s'inclina avec le sourire.

À Vevey, je découvre un père inconnu. Sa sévérité l'a quitté et il parle avec chaleur de sa période d'avant l'exil. Il évoque son frère et les quatre cents coups qu'ils ont pu faire à la barbe d'Anastasie. Un sacré tandem, les Radzanov brothers. Unis comme les doigts de la main.

Dimitri insiste pour nous emmener déjeuner à Montreux. On loue un taxi. Il nous fait faire le tour des vignes accrochées à flanc de montagne et qu'un petit train à crémaillère permet de cultiver. Puis il nous invite dans le même restaurant où, vingt-cinq ans plus tôt, Fédor s'est distingué. Dimitri vide son verre et nous sert l'anecdote en guise d'entrée.

– Mon frère qui a trop bu fait du gringue à la femme de son voisin, un touriste bavarois. Dispute. Soufflet. Les deux hommes se battent en duel à six heures du soir, dans un pré, non loin du lac. Fédor blesse le Bavarois à l'épaule. Un peu plus tard, on enterre la hache de guerre au bar d'un dancing. Mon frère, le Bavarois, sa femme et moi. La vodka coule à flots. Fédor danse avec la femme, qui se frotte un peu trop au goût du mari. Qu'à cela ne tienne, on remet ça. À six heures du matin, les deux hommes se font à nouveau face, arme à la main. À midi, tout le monde se retrouve au restaurant. Cette fois, le Bavarois a les deux bras en écharpe. Une marchande de roses promène sa panière entre les tables. Fédor se tourne vers son adversaire et, le plus poliment du monde, lui demande la permission d'offrir des fleurs à sa femme. L'autre voit rouge. Alors Fédor ajoute :

« Vous auriez eu les mains libres, je n'aurais pas eu ce privilège ! »

Nous rentrons à la nuit. Ma mère a fermé les yeux et se laisse aller contre l'épaule de mon père. Elle sourit. Je n'ai jamais vu mes parents, si pudiques, se comporter avec autant de tendresse. Ce qui aurait dû être une marche funèbre a pris l'allure d'un dernier pas de deux sublime et bouleversant. Je les laisse le plus souvent seuls, m'accrochant à l'espoir que l'amour de Dimitri triomphera du petit rongeur qui grignote les poumons de Violette. Je passe des heures à arpenter les rives du lac, y faisant des ricochets, respirant à fond l'air glacé. En rentrant de la plage de galets, le dernier soir, j'enjambe le cadavre déchiqueté d'un cygne victime d'un prédateur.

Ma mère s'éteignit à Chatou quelques mois après ce séjour doux et lumineux, empreint de nostalgie. C'était le 12 juin 1949. Jusqu'à son ultime souffle de vie, elle conserva son sourire et sa candeur. Les derniers jours de son agonie, papa ne quittait plus son chevet. Il lui tenait la main et lui parlait tout bas. Et puis, sans doute à la demande de maman, il alla se mettre au piano et joua le dernier mouvement d'une sonate de Mozart, faisant jaillir trente, quarante couleurs différentes.

Installé dans ma chambre au premier, je révisais mon baccalauréat. Il devait être sept heures du soir et je ruisselais. La porte et le vasistas étaient grands ouverts. Aucune fraîcheur ne circulait. Les feuilles des tilleuls ne bougeaient pas. L'orage en germe depuis midi continuait à mûrir.

La musique s'interrompit soudain. Délaissant mes manuels, je rejoignis le rez-de-chaussée. Mon père ne jouait plus. Il avait enfoui son visage dans ses paumes et pleurait à chaudes larmes. Je pénétrai dans la chambre et m'approchai du lit où maman reposait. Sa main gauche pendait au-dessus d'une coupelle de fraises sauvages placée sur la table de chevet. Je lui fermai les yeux. Puis je me dirigeai sans bruit vers l'électrophone et plaçai un disque, le premier qui vint, sur le plateau. C'était la *Méphisto-Valse* de Franz Liszt, interprétée par son bon vieux copain de New York. Papa connaissait ce morceau par cœur et je n'avais pas besoin de sortir la partition et de tourner les pages. Dominant son chagrin, il essaya de donner la réplique à Horowitz, mais ses mains tremblaient. Je me tenais debout à ses côtés, les bras le long du corps, l'exhortant mentalement à relever le gant. Papa fit une nouvelle tentative, mais ça allait beaucoup trop vite. Il pressait ses phalanges les unes contre les autres, incapable de plaquer un accord. Je relevai l'aiguille de l'électrophone, mettant fin au supplice. Le silence emplit la pièce. Je serrai mon père dans mes bras.

On retarda l'enterrement pour me permettre de passer l'écrit du bac deuxième partie. Je ratai complètement l'épreuve et fus repêché grâce à mon livret scolaire et, je pense aussi, compte tenu des circonstances dramatiques. La place étant libre, ma grand-mère rappliqua dare-dare. Pour elle, la vie continuait, ou plutôt reprenait après une parenthèse malheureuse. On efface tout, on recommence. À bientôt 80 ans, elle pétait le feu et ne comprenait pas notre abattement. Cette pauvre Violette, on ne pouvait plus rien pour elle à présent. Le monde appartenait à ceux qui luttent. Lorsque les rouges lui avaient massacré son mari et qu'elle s'était retrouvée chassée de Russie comme une lépreuse, il avait bien fallu qu'elle s'en sorte. Comment serions-nous vivants

si elle ne s'était pas battue avec la dernière
énergie ?

— Allons, secoue-toi un peu ! disait-elle à
Mitia, lequel, emmuré dans sa peine, ne l'enten-
dait pas.

Alors elle se rabattait sur moi, m'exhortant à
me montrer à la hauteur, oubliant toutes ses
grandes théories sur l'hérédité, qui ne jouaient
pas spécialement en ma faveur. Si j'avais un peu
de sang Radzanov, c'était le moment ou jamais
de le prouver, non ? Nous n'allions pas laisser la
maison partir à vau-l'eau tout de même ! Elle me
parlait droit dans les yeux, sa pince de crabe
serrée sur mon poignet en agitant ses trois
mèches folles jusqu'à ce que, à bout de nerfs, ne
pouvant plus en entendre davantage, je finisse par
lâcher :

— Grand-mère, tu NOUS emmerdes !

C'était un cri du cœur, prononcé sans le
moindre calcul, mais avec tout de même l'espoir
qu'un tel affront chasserait la tornade Anastasie
par la fenêtre.

Sans un mot, elle traversa le salon et vint se
planter devant papa, affalé dans l'Orient-Express
(une banquette de train servant de canapé que le
père Sternberg avait dégotée aux puces).

— Écoute-moi bien, Mitia, lui dit-elle. Il est
hors de question que je t'abandonne. Tu
m'entends, hors de question. À présent, fais-moi

le plaisir d'ôter cette robe de bure et de passer un costume. Il est huit heures moins cinq. À huit heures vingt, nous devons être en état de recevoir nos amis !

Elle avait tout prévu. Les amis – du moins ceux qui avaient survécu, les mêmes qui quelques jours plus tôt avaient conduit maman au cimetière – arrivèrent avec même un peu d'avance, comme les indestructibles Effimof, les bras chargés de légumes cueillis au jardin. Puis ce fut au tour de tonton Freddy et de ses trois fils, qui étaient des hommes à présent. Sans oublier le fidèle Girardot et sa gueule de travers, le seul à ne pas parler russe, mais, vu le délabrement de son appareil vocal, il était préférable qu'il demeure silencieux. Grand-mère avait mis les petits plats dans les grands et agissait en vraie maîtresse de maison, allant de l'un à l'autre, en distribuant les amuse-gueule, qui, comme tout ce qu'elle servait, avaient goût de moisi. Chaque fois qu'elle me croisait, elle m'adressait son plus beau sourire et, d'une voix mielleuse, me susurrait : « Mange, mon chéri ! » Papa (toujours en robe de chambre) n'avait pas quitté l'Orient-Express. Il se laissait couler à pic au milieu des témoins de sa vie.

Voilà. Je vais laisser ma grand-mère achever de pourrir un peu plus la chronique familiale. Ce personnage qui avait passé sa vie à faire des histoires à propos de tout allait s'éteindre un an après sa belle-fille et, bien que rien ne permette d'établir un lien de cause à effet entre les deux décès, gageons que, n'ayant plus d'âme à tourmenter ni de chair à empoisonner, la terrible Anastasie avait fini par succomber à l'ennui.

C'était un dimanche d'automne 1950. Après s'être levée à quatre heures du matin pour procéder au rituel de la demi-tasse de thé avec deux biscuits extra-durs, puisés dans sa vieille bonbonnière, Caramia s'était recouchée et rendormie pour l'éternité. Une mort sans éclat, que d'ailleurs personne (dans la maison) ne remarqua. À onze heures et demie, mon père se rendit au cimetière selon son habitude, pour s'entretenir avec le fantôme de Violette jusqu'à la fermeture des grilles et ce n'est qu'à sept heures et demie – moment sacro-saint du souper – qu'il devint clair à nos yeux qu'il allait y avoir désormais un couvert de moins à table. Ce départ d'une rare discrétion nous faisait presque oublier les sorties spectaculaires et fracassantes de son répertoire.

À présent, c'est moi qui prépare le thé. Seul, dans la nuit, avant de prendre mon train pour Paris. Papa dort encore dans le vieux canapé ferroviaire. Je relève sa couverture, enfile ma parka.

À la mort de ma mère, j'aurais souhaité qu'on vende la maison et qu'on quitte Chatou. Il n'y a rien de pire qu'un endroit où l'on a été heureux une fois que le malheur s'y est installé. Et il aime ça, le malheur, faire son nid là où régnaient la douceur et l'amour.

« Le vieux Radza est en train de crever comme un chien qui a perdu sa maîtresse. » Ainsi cancanait un voisin en bêchant son carré de batavias. Ces gens qui se rassasient de la douleur d'autrui. Il faut croire que ça les rassure.

Sur le porte-clefs, à droite de l'entrée, pend le vieux sifflet d'arbitre que mon père maniait comme pas un. À la mi-temps de cette histoire, je n'ai pas à m'interroger sur le choix de la stratégie : je serai médecin comme en a décidé celui qu'il n'est pas question d'accabler davantage. Toutefois, la panade où nous nous trouvons m'offre un bon alibi pour ne pas tout à fait renoncer à l'art dramatique. Mon père s'étant fait virer de sa fabrique de colle (un boulot auquel il n'avait jamais adhéré), j'assure le courant grâce à un emploi de projectionniste au théâtre Hébertot.

À défaut de briller moi-même sur les planches, j'éclaire des acteurs aussi prestigieux que Serge Reggiani et Maria Casarès. Mettre en lumière les autres, voilà bien un rôle taillé sur mesure pour le fils d'une pâle figurante et d'un pianiste de l'ombre. Tous les soirs, après mes gardes, je gagne la cabine de projection et fais pleuvoir la magie sur la scène. Ce soir exceptionnellement, je quitte la Salpêtrière et rallie directement Chatou.

Je regarde défiler les petites maisons le long de la voie ferrée dans leur écrin de verdure sale. Dimitri n'en a plus pour longtemps. Le maître d'heure a perdu la boussole. Sa Longine est arrêtée sur sept heures du soir, qui est le moment où Violette nous a quittés. Depuis lors, le pauvre vieux bat la banlieue. Il va s'asseoir sur la tombe de sa femme et lui parle des après-midi entiers en fumant Gauloise sur Gauloise. Il lui raconte que son fils va devenir un grand médecin, un micro-chirurgien qui s'établira en Californie et soignera les mains des vieux pianistes. Une clientèle en or. En rentrant du cimetière, il ne manque jamais de s'arrêter au bar du coin de l'avenue de la Princesse. Il reste là une heure, parfois deux. Puis il rejoint en titubant la maison, s'écroule dans l'Orient-Express et contemple l'album de photos cependant que la pénombre s'épaissit autour de lui.

Je le découvrirai endormi, l'album aura glissé de ses mains, les photos seront éparpillées à ses pieds. Il bavera. Je lui essuierai la bouche. Je ramasserai les photos en m'attardant sur certaines, comme celle qui le montre plein centre, les cheveux en bataille, le sourire ravageur, éclipsant ses petits camarades du Conservatoire, à commencer par Gorowitz dont l'une des oreilles est hors cadre. Radzanov le grand, Mitia le magnifique. Celui qui devait tous les enfoncer est aujourd'hui tombé bien bas. Je replacerai l'album sur le piano fermé. Il ne jouera plus jamais. Son public, c'était elle.

Je sors de la gare et remonte vers la route de Maisons. De la neige tombée le matin forme à présent un sorbet d'un jaune sale, aux trois quarts fondu. Je passe devant les usines Pathé-Marconi en longeant le mur séparant les tombes des immeubles sociaux bâtis à coups de sable et de briques. Le cimetière ferme plus tôt en hiver. La guérite du gardien est éclairée. Des effluves de pot-au-feu flottent dans l'air, se mêlant à l'arôme des thuyas. Terrible saison où l'on sépare les vivants et les morts. L'été, papa peut rester plus tard auprès de ma mère.

Dimitri va avoir 54 ans. Ce soir, c'est son anniversaire. Pas de bougies parce que pas de gâteau. Il n'aimait que les siens. Et les pigeons aux petits pois de Nicolas Effimof. Quand c'était elle qui les cuisinait.

J'ai une grande nouvelle, que j'appréhende de lui annoncer. Il va m'envoyer sur les roses. D'ailleurs, comment ai-je pu être assez fou pour penser un seul instant qu'il me suivrait dans cette aventure ?

Je pousse la porte de la maison. Tout est sombre. L'Orient-Express est vide. Papa n'est pas au salon. Il n'est pas non plus à l'étage. Je descends à la cave en priant qu'il ne lui soit rien arrivé et tout en me préparant à affronter la vue de son cadavre affalé au pied de l'établi. Personne à la cave. Je remonte quatre à quatre l'escalier. Un bruit de chasse d'eau me délivre d'un grand poids. Mon père sort des W-C en se reboutonnant. Nous nous cognons presque. Il paraît embarrassé, comme si je l'avais surpris en train de faire je ne sais quoi.

– Tu rentres bien tôt !

D'un geste réflexe, je lui tends la grande enveloppe sans un mot. Il l'ouvre et regarde attentivement les billets.

J'explique. Les places de concert, je les dois au fidèle Girardot qui dirige l'amicale des anciens de chez Pathé-Marconi. Les billets d'avion, je me suis arrangé avec l'hosto. On m'a consenti une avance sur mes prochaines gardes. Tout est en ordre de route, il n'y a qu'à nous rendre à l'aéroport, attacher nos ceintures et à nous l'Amérique !

Comme je le craignais, papa me rend l'enveloppe et s'engage dans l'escalier menant à la cave. Quand il n'est pas trop fatigué, il lui arrive encore de bricoler. Arrivé sur la troisième marche, il s'arrête et, après s'être caressé le menton, me demande :

— Quand partons-nous ?

— Dans une semaine, le 11.

Il hoche à nouveau la tête et disparaît dans les profondeurs de son antre.

C'est la première fois que nous prenons l'avion, mon père et moi. Derrière nous, deux vieux briscards, dans l'attente du décollage, échangent quelques souvenirs en riant comme des bossus : l'aviateur Gilbert atterrissant sur le toit d'une usine de carrelage rue Saint-Charles, la chute d'un Blériot dans le fossé des fortifs d'Issy et ce Morane qui s'était posé en catastrophe sur l'esplanade des Invalides où il récolta une contravention, la première du genre.

Je demande à mon père d'attacher sa ceinture, me heurtant à un *niet* catégorique. Si l'on prend feu ou si l'on s'abîme en mer, il préfère être libre de ses gestes. L'hôtesse nous offre un jus de fruits. Il sort de sous son veston une flasque de vodka. Chacun son carburant. Peu avant le décollage, il a envie de pisser. Je lui demande de patienter un peu : quand nous aurons pris de l'altitude, il pourra se soulager. Mais non, c'est un besoin urgent, il ne peut plus tenir.

– Tu ne veux tout de même pas que ton père fasse dans sa culotte.

Je songe à Charlie Flag et à son ingénieux tuyau. J'essaie de le raisonner. Il me dit que ça fait trop mal. Ses yeux se sont emplis de larmes. Je fais signe à l'hôtesse, mais celle-ci est déjà arrimée. L'avion s'est mis à rouler. Les réacteurs vrombissent. Une violente poussée nous propulse dans les nuages. Nos oreilles s'emplissent d'ouate. Impression d'être au fond d'un aquarium, alors que nous volons. Papa grimace de douleur. Je l'aide à se lever et le dirige vers l'avant. Il me repousse avec violence.

– Tu ne veux pas me la tenir par-dessus le marché !

Je ne l'ai jamais vu dans cet état. Dans sa précipitation, il a fait tomber son veston. Je me penche pour le ramasser. Le portefeuille a vomi son contenu au beau milieu de la travée. Je remets tout en place. Quelle n'est pas ma surprise en découvrant une photo de Dimitri, en costard italien et souliers à guêtres, le dos appuyé contre une Cadillac. À ses côtés, une fillette de 7, 8 ans, en tutu et chaussons noirs, lui sourit.

Mon père revient s'asseoir. Il marche en s'appuyant sur les fauteuils à la manière d'un primate. Il n'a pas l'air bien. Je le laisse se réinstaller. Il veut fumer. Je m'efforce de l'en dissuader. C'est le médecin qui parle. Il hausse les épaules. Il dévisse le bouchon de sa fiole et en avale une bonne rasade. Il ne m'en propose pas. Il a tourné la tête contre le hublot.

Sur la photo, mon père porte une moustache à la Capone et n'a pas encore de calvitie, ce qui laisse supposer qu'il a entre 30 et 35 ans. Son élégance tapageuse cadre mal avec son côté sobre et strict. Je fais de rapides calculs. Cette photo a dû être prise deux ou trois ans après ma naissance. Qui est cette ballerine ? Que fait mon père appuyé contre une voiture de roi de la pègre ? Autant de questions qui me transpercent comme de fines aiguilles. Et puis pourquoi a-t-il accepté si rapidement ce voyage. Envie de revoir son vieux copain Face de Chou ? Ce jubilé à Carnegie Hall, il s'en bat l'aile, j'en suis sûr.

Un taxi jaune conduit par un chauffeur pakistanais nous mène au cœur de Manhattan. Je ne me laisse pas immédiatement hypnotiser par les scintillements, scrutant autre chose à travers la vitre maculée de saleté. Mon père, qui a compris, demande au chauffeur de se garer sur le bas-côté. Il me dit d'abaisser la vitre.

– Elle est là ! assure-t-il en humant l'air marin.
– Tu en es sûr ?

Il secoue la tête. Je n'ai qu'à tendre l'oreille. La mer, je ne l'ai jamais vue. Mon père, qui passait ses vacances d'été en Crimée, l'appelait la « Noire ». Mon premier face-à-face avec l'océan s'effectue de nuit et, en écoutant gronder ce géant indistinct, je comprends mieux l'attirance de Mitia pour cette « Noire » qui fabrique de la musique à partir du néant. La mer, on ne la voit pas, on l'entend. À peine débarqué en Amérique, papa vient de me donner ma première leçon de musique.

Nous sommes descendus à l'hôtel Tzareva, dans la Petite-Ukraine. Une bâtisse tout en bois, à deux pas de Taras Sevchenko Place. C'est une ancienne pension russe tenue par une petite femme sèche et peu amène. Le cadre est vieillot et craspec. La fenêtre de la chambre donne sur un mur de briques en tout point semblable à la façade de notre première HLM rue Ribot. On s'imagine toute une féerie, et on tombe de haut, c'est le cas de le dire. Traverser l'Atlantique pour retrouver ce qu'on a laissé derrière soi. Quelle farce ! Voilà bien tout le charme des voyages.

New York demeure une pure fantasmagorie. Je n'ai pu m'en faire une idée qu'à travers Céline et Kafka (lequel n'a jamais mis les pieds en Amérique) et les « revues de presse » de ma grand-mère. À sa mort, j'ai récupéré le grand classeur où elle serrait toutes les informations sur Horowitz. Lui qui s'imaginait (à juste titre) fiché par le KGB, quelle tête ferait-il en apprenant qu'il l'était aussi par la mère d'un ancien condisciple du Conservatoire, qui l'avait suivi à la trace depuis son départ d'Union soviétique en 1924.

Je connaissais maintenant son parcours sur le bout des doigts – son passage à l'Ouest six ans après papa, ses périodes berlinoise et londonienne avant son installation aux USA, où d'emblée il accède au rang de star planétaire grâce à ses relations, notamment sa rencontre avec Rachmaninov et son alliance avec Toscanini, dont il épouse la fille en décembre 1933, à Milan. Les mauvaises langues diront que c'est son beau-père qu'il a épousé. Sa fille unique Sonia naît le 1er octobre 1934, le jour même des 31 ans d'Horowitz. De quoi faire taire les rumeurs sur son homosexualité. C'est un époux et un père absents, débordé, toujours par monts et par vaux. Il veut épater le bourgeois et il en fait trop. À force de tirer sur les cordes de son Steinway, il risque de perdre les pédales. Emporté par son succès, sûr de son magnétisme, grisé par la vitesse avec laquelle il enchaîne les notes, il n'entend même plus les morceaux en même temps qu'il les joue. Ses amis, Rachmaninov en tête, tirent la sonnette d'alarme : « Vous avez gagné la course des octaves. Personne ne joue plus vite que vous. Mais je ne vous félicite pas parce que ce n'était pas musical ! » C'est là que le bât blesse. Durant les trois dernières années, il a donné un récital tous les deux jours, attirant une foule de plus en plus nombreuse. De San Francisco à Chicago, de Seattle à La Nouvelle-Orléans, dans tous les États, on se presse pour assister à son grand numéro de voltigeur. Le public vient applaudir une bête de spectacle, et la bête souffre de ne pas être reconnue comme un musicien. Son jubilé d'argent lui offre l'occasion de se défaire de sa réputation d'acrobate pour accéder enfin au rang de plus grand pianiste de tous les temps. Demain soir, il entend bien montrer qui est le patron. Le public américain raffole de ce genre de challenge. À moins de vingt-quatre heures du lever de rideau, les files se sont formées sur le trottoir verglacé de Carnegie Hall transformé en temple du noble art.

Je lis à mon père la dernière interview d'Horowitz s'apprêtant à monter sur le ring et remettre son titre en jeu dix ans jour pour jour après ses débuts fracassants sur le sol new-yorkais.

À l'entendre, on sent qu'il a mis les gros gants et que ça va saigner :

« Ma tension est celle d'un jeune homme de 20 ans. Je fais une promenade de 30 à 40 blocs par jour. Je me nourris exclusivement de fruits et de poisson frais – jamais de viande ! – et je n'ai pas bu un verre d'alcool depuis au moins trente ans ! »

– La dernière fois, c'était avec moi !

Dimitri est toujours devant la fenêtre, le regard tourné vers les briques. Il abandonne son guet et vient s'asseoir sur le lit, qui se met à grincer.

– C'était pour fêter son diplôme. Il s'est enfilé du bout des lèvres un dé à coudre de vodka et il a été malade comme un chien.

Mon père jette un œil sceptique à l'album d'Anastasie. Un vrai bêtisier. Il me demande d'oublier les salades (russes) de ma grand-mère et de l'écouter. Exit le conte pour enfants. Voici sa version des faits.

– Il s'appelait Vladimir Gorowitz. À 17 ans, il triomphe au concours de sortie du Conservatoire. Il reçoit une *standing ovation* du public et du jury. Du jamais vu. Du jamais entendu surtout depuis Liszt et Paganini. Comme eux, il porte en lui le démon. Nous sommes à l'aube des années 1920. La composition l'attire, mais, les bolcheviks ayant confisqué les biens des juifs, il doit donner ses premiers concerts pour faire vivre sa famille. Avec sa sœur Regina et le violoniste Nathan Milstein, ils forment un trio qui se déplace partout en Ukraine dans le cadre des tournées promotionnelles visant à l'édification musicale des classes populaires et laborieuses. Tout un programme. On les a baptisés les « enfants de la Révolution soviétique ». Ils se produisent dans des granges ou des étables à l'acoustique déplorable, sur des pianos de foire. Le public a été enrôlé de force pour écouter les discours politiques qui viennent après le concert, comme la cerise sur le baba. Ils jouent pour du chocolat ou du salami, quelquefois pour un morceau de barbaque. C'est de ces années-là, tu comprends, qu'il a gardé le dégoût de la viande. Mais, même pour un bout de salami et devant un parterre de pauvres bougres embrigadés, il donne chaque soir le meilleur de lui-même. Il s'habille et se maquille, il se noircit les sourcils, il passe ses cheveux à la graisse d'oie. Il le fait par respect pour son public, pour montrer à ces ouvriers, à ces paysans, qu'il n'est pas là pour se moquer d'eux. N'importe qui, ne connaissant rien à la musique, en sortant d'un concert de Gorowitz pouvait se dire : « Lui, au moins, il nous écoute ! » C'est en cela que résidera plus tard le secret de sa réussite. Jouer pour Horowitz signifie recevoir. Il exauce les vœux du public. Il veut plaire à tout prix. Ou plutôt il a peur de déplaire, ce qui n'est pas tout à fait pareil. Mais tu vas comprendre…

Donc il déroule les concerts et son aura est telle qu'il n'a plus besoin pour déplacer les foules de l'aide des agents recruteurs. C'est vraiment lui qu'on vient applaudir. En 1924, il se place sous l'aile d'Arthur Schnabel, qui organise son passage à l'Ouest. La suite, tu la connais, Berlin, Londres, les premières tournées européennes, et puis New York, la rencontre de Rachmaninov et de Toscanini, l'accession à la notoriété à la force du poignet, le cercle vicieux du succès. Car il faut savoir à quoi cela ressemble, une vie de concertiste. C'est comme si tu grimpais l'Alpe-d'Huez tous les jours et sans ta selle. Il l'a fait et je crois qu'il est passé à côté de l'essentiel. J'ai choisi une autre voie.

Au Conservatoire, nos professeurs ne comprenaient pas que je dilapide mon talent. Félix Blumenfeld, qui avait été l'élève d'Anton Rubinstein, piquait des colères monstres, me reprochant ma désinvolture. Il me semble que j'avais peur de ce qui m'attendait si je prenais la chose trop à cœur. Je crois même que, si je me suis engagé dans l'armée de Denikine, c'est pour échapper au piano. Naturellement, ta grand-mère n'en a jamais rien su. De son côté, Horowitz jouait des octaves plus vite que tout le monde. Il allait devenir une sorte de génial lévrier que l'on ferait courir aux quatre coins du continent nord-américain. À ce moment, il sait très bien que ce qu'on lui demande chaque soir n'a que peu de rapport avec la musique, que c'est du cirque, un numéro de Barnum qui va finir par le perdre. Déjà certains critiques lui reprochent d'avoir vendu son âme au diable pour satisfaire un public uniquement avide de pyrotechnie sonore. Mais a-t-il vraiment le choix ? Un concert raté ou à demi réussi le met hors de lui. Il se prend la tête entre les mains. Il crève de trouille à la seule pensée de décevoir l'Amérique. On va le renvoyer d'où il vient et il va devoir rejouer pour du salami et, s'il refuse, on l'expédiera en Sibérie comme son père qui croupit dans un goulag, et ses doigts éclateront sous l'effet du gel. Malgré sa gloire et son argent, il n'est pas heureux. Moi, j'ai choisi de vivre dans le silence, ce silence qui est au cœur de la musique, et je ne regrette rien.

Le matin du concert, nous sortons faire un tour dans la Petite-Ukraine. On a l'air de deux *homeless*, avec nos mines de patachons, nos mentons broussailleux. Le décalage horaire accentue le flottement. Il neigeote sur New York. Je songe à Bardamu égaré dans la jungle verticale, parmi les viandes flasques, ballottées d'une artère à une autre dans le tremblement du métro aérien. Papa a la tête ailleurs. Il semble ne pas

120

réaliser qu'il est au pays de Mickey Mouse et de Buffalo Bill. J'essaie de lui communiquer mon enthousiasme juvénile.

En ce début des *fifties*, Cyd Charisse triomphe aux côtés de Gene Kelly dans *Chantons sous la pluie*. Ses longues jambes couleur miel me rappellent mes tennis-women du Vésinet ! Les affiches vantant l'électroménager tapissent les cavernes du métro. L'industrie du disque est en plein boum. Les premiers juke-boxes ont fait leur apparition, annonçant le règne de l'automatisme. Le monde a drôlement évolué depuis Thomas Edison et son mouton blanc. Je n'ose dévoiler ma fascination pour Frank Sinatra et pour Charlie Parker, craignant de me ramasser une calotte, comme quand je sifflotais des chansons réalistes. Mon père semble ne pas être concerné par ce grand chambardement. Il jette sur ce meilleur des mondes technologiques le regard de quelqu'un qui a déjà raccroché son tablier. Tout ce progrès le laisse indifférent. Le pain industriel, mou et caoutchouteux, qui a le goût de rien, traduit à lui seul l'insipidité et l'artifice de ce Nouveau Monde résolument tourné vers la consommation à tout crin. Mon père, comme Horowitz, est un homme du passé.

– Je n'aime que la banlieue parisienne, me confie-t-il. L'automne à Croissy. La terrasse de Saint-Germain-en-Laye au printemps. L'hiver,

121

les flocons tombant sur les péniches. Une fois, tiens, il gelait si fort que les gosses pouvaient patiner sur la Seine, entre Bougival et Le Pecq. On aurait dit le Dniepr. Ta mère aussi aimait la banlieue ouest. Ce qu'on a pu s'en payer du bon temps.

Il a pris mon bras et nous formons un couple étrange dérivant le long des *pancakes houses*, des laveries automatiques, des vitrines d'art nègre, des drugstores et des gratte-ciel.

Je ne cesse de réfléchir à sa confession nocturne. Avant de rencontrer ma mère, Dimitri était un superbe funambule du clavier, capable des prouesses les plus vertigineuses, mais qui, de son aveu même, ne comprenait pas grand-chose à la musique. C'est lorsqu'il s'est remis à jouer pour Violette, pour moi, à Chatou, dans l'anonymat le plus complet, qu'il a commencé à ressentir des choses. Il ne cherchait plus la performance. Il jouait de l'intérieur. Du dedans.

Où se situe Horowitz ? Dedans ? Dehors ? À quoi tient sa renommée ? N'y a-t-il pas tromperie sur la marchandise ? Est-ce un usurpateur ? Le talent n'a rien à voir avec le succès. Est-ce cela qu'a voulu me dire mon père ? Je sens une oppression m'envahir à mesure que nous nous rapprochons du moment de vérité. Qu'est-ce que j'attends au juste de cette confrontation avec le mythe qui a hanté mon enfance ?

Tout à l'heure, nous avons fait un tour vers la Hudson River pour acheter des sandwichs et de la bière. Nous allons pique-niquer dans Central Park parmi les promeneurs emmitouflés qui déambulent entre les bosquets poudrés. On se croirait dans une scène d'hiver de Von Ostade, le peintre préféré de Nicolas II. Nous nous asseyons sur un banc, au pied de la statue de Hans Christian Andersen. Horowitz habite, tout près d'ici, un hôtel particulier aux fenêtres obturées par de lourdes tentures noires. Papa connaît par cœur les manies du maestro. Sa terrible paranoïa et sa légendaire hypocondrie se sont amplifiées au fil des ans jusqu'à la dinguerie. S'il n'a pas son eau minérale, ses asperges, ses soles envoyées spécialement de Douvres, son massage abdominal quotidien, alors rien ne va plus et il est incapable de bien faire son métier. Il ne s'agit pas de caprices de prima donna, mais d'une anxiété fondamentale, en rapport avec sa situation de transfuge. Depuis l'âge de 25 ans, il est persuadé qu'il est atteint d'un mal incurable, mais sa seule maladie est la frousse de perdre sa virtuosité et d'être envoyé dans un camp, comme son père et des millions d'autres juifs. Avant chaque concert, il fait garder son Steinway par deux marines, si grande est sa terreur des sabotages.

Tout en parlant, Dimitri regarde son sandwich au thon avec une moue nauséeuse. Quatre heures sonnent quelque part.

– C'est l'heure de sa promenade, dit-il. Il faut qu'il pète !

Je le regarde avec hébétude.

– De qui parles-tu ?

– De qui veux-tu ? Le trac lui communique des ballonnements et, deux heures avant de se produire sur scène, il doit s'alléger sous peine d'exploser. Un jour, ses bretelles (sous la pression des gaz) ont lâché juste au moment de jouer. Il a fallu qu'un pompier de service lui prête les siennes en catastrophe. Horowitz a joué merveilleusement et, à la fin, le pompier, complètement ébloui, lui a dit de garder ses élastiques, car ils lui donnaient des ailes.

D'où Dimitri tient-il toutes ces choses ?

– Ta grand-mère n'était pas la seule exégète en la matière ! Moi, je connais l'animal comme si je l'avais fait.

Mon père grimace sous l'effet d'un nouveau spasme. Il me tend son sandwich, dans lequel il n'a pas mordu, et se dirige précipitamment vers un bouquet de rhododendrons figés dans le givre. Il va falloir nous pencher sérieusement sur ce problème de prostate. Je scrute les allées dans l'espoir chimérique de voir apparaître la baudruche Horowitz au bras de Wanda. Je me marre tout seul en pensant à cette histoire de fuite de gaz et de pompier providentiel. Plus sérieusement, je prends conscience que monter sur scène, a fortiori lorsqu'on vous attend au tournant, doit être une épreuve épouvantable. Je me revois attendant de passer mon premier oral d'internat avec cinq autres candidats, verts de trouille, assis en cercle autour d'un seau hygiénique. Je tourne la tête. Papa a disparu derrière le massif de rhodos. Je quitte le banc et contourne le paravent végétal, partagé entre rire et malaise. Papa est toujours occupé à « faire sangloter le Cyclope ». Plié en deux par la douleur, il asperge la neige de son sang.

Nous regagnons l'hôtel en métro. Sans un mot.

– Monsieur Radzanov, il y a un message pour vous.

Mon père s'approche de la réception. La taulière lui tend un mystérieux billet. Ils discutent tous les deux. Mon père me rejoint comme si de rien n'était. Dans l'ascenseur, je lui demande le pourquoi de ces messes basses.

– Tu connais quelqu'un à New York ?

Il a un haut-le-corps, étonné que je puisse lui poser une question pareille.

— À part Horowitz, personne !

Se peut-il qu'il se soit mis en contact avec son ami ? Après tout, cela n'aurait rien d'étonnant.

Il va maintenant falloir qu'on s'explique tous les deux. Je ne sais pas par quel bout le prendre. Je n'ai jamais su l'affronter en face. J'attends que nous soyons dans la chambre pour le pousser dans les cordes.

— Papa, ça fait combien de temps ?

— Pardon ?

— Que tu peins les feuillages en rouge ?

— Ne t'inquiète pas de ça.

— Tu me pousses à devenir médecin et je n'ai pas le droit de me préoccuper de ta santé ?

— Cela n'a aucun rapport.

Ce que j'ai sur le cœur depuis des années finit par sortir presque à mon corps défendant.

— Tu es comme ta mère.

— Je ne comprends pas.

— C'est pourtant clair.

— Va jusqu'au bout de ta pensée.

— Mon problème, c'est que je n'ai pas appris à penser jusqu'au bout. Il y a toujours un moment où tu interviens, où tu t'interposes.

Mon père est interloqué. Et le pire, c'est qu'il ne fait pas semblant de l'être. Il ne s'imaginait vraiment pas que je puisse penser tout ça. Encore moins l'exprimer.

126

Il sort une cigarette de son paquet. Je regarde ma montre. Nous n'avons plus beaucoup de temps devant nous. Formule banale qui, dans le contexte, prend un relief dramatique. Je sors nos deux costumes de la valise. Mon père fume, le visage tourné vers les briques. Je souhaiterais revenir sur mes paroles désastreuses, faire la paix. Il s'est allongé sur le lit, les jambes légèrement repliées, cherchant la position la moins douloureuse.

– Tu ne veux pas venir ?

– C'est ton Dieu, pas le mien. Mais je tolère toutes les religions.

Pauvre papa. Il est à bout. Il faudrait appeler un taxi, nous rendre à l'hôpital le plus proche, lui faire une injection de morphine pour au moins adoucir le calvaire.

J'ai passé mon costume et je reste planté là comme un pingouin.

– L'heure tourne ! me dit-il. Fous-moi le camp !

– Les places… C'est toi qui les as.

Mon père soulève une fesse et extrait son vieux portefeuille de sa poche arrière. Il en tire les billets, me les tend.

– Merci.

Il continue à fouiller, l'air embarrassé.

– C'est ça que tu cherches ?

Je lui montre la photo avec la ballerine.

– Elle était tombée de ta veste.

J'attends encore un moment, pensant qu'il va éclairer ma lanterne. Peine perdue. Emmuré dans sa douleur et son mystère, il s'est tourné vers les briques.

Rien au monde n'aurait pu me faire renoncer à ce concert. Et pour rien au monde mon père n'aurait voulu que je le rate. Ses récentes révélations sur Face de Chou m'avaient mis le doute : ça ne collait plus trop au portrait qu'en faisait ma grand-mère à l'époque où elle s'évertuait à exciter papa en se servant de la gloire d'Horowitz comme d'une muleta. Il fallait que j'en aie le cœur net, et la révélation ne pouvait avoir lieu qu'à Carnegie Hall, ce temple néo-Renaissance de la réussite musicale, à l'acoustique incomparable, en présence d'un Horowitz non pas malade ou diminué, mais prêt, de son aveu même, à casser la baraque.

Aussitôt arrivé, j'apprends par des bruissements, des murmures, que le concert a failli être annulé. Dimitri Mitropoulos, le chef d'orchestre initialement requis, étant cloué au lit par la grippe, George Szell l'a remplacé au pied levé. En entrant dans la salle, je me demande si c'est une bonne chose. Il aurait peut-être mieux valu qu'un coup du sort m'empêche de confronter mes rêves de gosse à la réalité.

Le rideau est levé, et le Steinway, seul au centre de la scène, me fait l'effet d'une chaise électrique. Le père Girardot a bien fait les choses. Je suis au dix-septième rang, sur la gauche. Point besoin de jumelles pour suivre l'exécution. À mes côtés, un fauteuil vide. Une ombre va l'occuper tout au long de la soirée – le fantôme de Carnegie Hall qui attend que son vieux rival nous montre ce qu'il sait faire.

Sous les lustres de Baccarat, le parterre et les balcons de bronze n'en finissent pas de s'emplir, comme lors de la soirée inaugurale, en 1891, qui avait rassemblé les Vanderbilt, les Astor, les Gould, les Belmont, toutes ces grandes familles venues applaudir Tchaïkovski en présence de l'architecte Richard Morris Hunt et du mécène, le roi de l'acier Andrew Carnegie.

George Szell présente l'orchestre et salue le public. Il se met au pupitre cependant qu'un silence impressionnant s'abat sur le Saint des Saints. Tous les regards convergent maintenant vers ce trou noir au fond de la scène d'où Face de Chou finit par sortir à petits pas débiles, tel un vieux lévrier qui en aurait plein les pattes. Papa n'avait pas menti, ses yeux rieurs et inquiets sont passés au mascara, ses cheveux rares et gominés, ramenés en arrière, découvrent des oreilles de Mickey. Il est plus grand que sur les photos, les mains par contre me paraissent petites, il est très

129

maigre et flotte dans son smoking haubané, j'imagine, par les ralingues du pompier. Au tonnerre d'applaudissements, il répond par une courbette un peu raide en rajustant son nœud papillon. Puis il soulève sa queue-de-pie et s'installe devant son clavier. Je suis à la fois dans la salle et dans la cabine de projection, faisant baisser progressivement la lumière autour du maestro – le piano est une île – et Horowitz, à cet instant précis, est aussi seul que Robinson.

Voilà. C'est parti. Et, bien sûr, la première chose que je remarque – il ne pouvait en être autrement – c'est le *stance* d'Horowitz. Sa technique, contraire à tout ce qu'on enseigne dans les académies, est exactement la même que celle de mon père. Le poignet plus bas que le clavier, les doigts à plat et le cinquième relevé. Le doigt tout entier, pas seulement la pulpe, est en contact avec l'ivoire. Chaque note étant lestée d'un poids égal, le legato en sort optimisé. Cette position favorise la brillance du jeu, les effets d'étincelles et les feux d'artifice. Je découvre aussi que Volodia (comme Dimitri) utilise très peu la pédale de droite, celle qui gomme les fausses notes. Il joue avec le feu, car le moindre accroc prend un relief énorme. Par contre, il appuie à fond sur la pédale de gauche et, au lieu de relever le doigt avant de frapper à nouveau une touche, il continue, très doucement, à maintenir la pression sur la note d'avant, créant un son proprement magique. Cette technique m'est si familière que je n'ai pas de réelle surprise, si ce n'est celle de constater à quel point la similitude est grande. Je me demande qui a copié qui et puis, le concerto montant en puissance, je réalise que là n'est pas la question. Aujourd'hui Horowitz est devant moi – en chair et en os – et je n'entends que mon père à Chatou jouant ce même *Concerto n° 1 en si bémol majeur* de Tchaïkovski, en même temps que les 78-tours. Ma grand-mère avait raison. Plus aucun doute n'est permis. À présent, j'ai cessé d'avoir peur. JE SAIS qui est le meilleur.

Tout à l'heure, le public se lèvera et fera un triomphe mérité au grand, au merveilleux Horowitz. « Exécution gigantesque, d'une beauté à l'état brut, à la fois audacieuse et irrésistible », s'ébaudira un critique conquis. Une *standing ovation* qui durera dix, quinze, vingt minutes rendra hommage à un pianiste incomparable ayant vaincu ses démons pour revenir en pleine lumière. Applaudissez-le, mesdames et messieurs, cet homme-là, en effet, force le respect. Debout moi aussi, je me tournerai vers le fauteuil vide et je frapperai dans mes mains lentement, avec émotion, en pensant : « Chapeau, petit père ! »

Il doit être une heure du matin quand je regagne notre hôtel. L'excitation est retombée et l'angoisse me noue les viscères. Dans quel état vais-je retrouver papa ? Je m'en veux de l'avoir laissé malgré son refus obstiné de me voir jouer les gardes-malades. Ce concert me semble maintenant bien dérisoire en comparaison du crabe qui lui dévore la vessie.

Le Tzareva est éclairé. Deux silhouettes assises se font face dans la salle où l'on sert les petits déjeuners. Je reconnais aussitôt mon père. Son vis-à-vis me tourne le dos, mais sa voix de basse profonde ne m'est pas inconnue… Il règne en ces lieux une atmosphère aussi électrique qu'à Carnegie Hall. Je m'approche, intrigué, fasciné par cet insolite équipage. Papa me voit et, du menton, me fait signe d'approcher. L'étranger tourne la tête dans ma direction. Je me fige, en état de choc. Voilà belle lurette que je ne crois plus aux histoires de revenants. Or, celui qui me sourit, devant son bol fumant, en est un et un beau.

— Tu te souviens de M. Sternberg ! me dit papa.

Je hoche la tête sans pouvoir prononcer le moindre son. Je m'assieds à leur table et refuse la soupe à l'oignon qui m'est proposée. Sternberg a dû passer par tous les cercles de l'enfer à en juger par sa mine et son accoutrement. Sa barbe, à présent blanche, n'est plus taillée au millimètre, mais part dans tous les sens, ses cheveux longs et gras répandent des pellicules sur les épaules de son vieux manteau, témoin râpé de bien des vicissitudes. Il n'a pas besoin de me raconter sa vie après les camps de la mort. Le numéro qu'il porte tatoué sur le poignet parle de lui-même. Comment mon père et lui se sont-ils retrouvés cette nuit d'hiver à New York, c'est ce que je ne vais pas tarder à apprendre.

— Nous en étions restés à ceci, je crois, dit mon père en plaçant la photo sur la table. Tu te poses beaucoup de questions, j'imagine, et M. Sternberg est là pour y répondre. Je te prierai de bien l'écouter, car ce n'est pas une histoire simple.

De sa voix gravissime, Sternberg entame son récit. L'homme de la photo que j'ai confondu avec mon père est en réalité mon oncle Fédor avec… Sonia, la fille de Vladimir Horowitz et de Wanda Toscanini. Cette photo – réalisée sans trucage, comme on s'empresse de me le préciser – a été prise à New York en 1940, devant l'hôtel particulier du célèbre pianiste.

— Je pensais que Fédor était mort du typhus en 1924 ?

— Moi aussi ! dit mon père.

— Nous le pensions tous, dit Sternberg. Sa femme seulement a succombé à l'épidémie. Ton oncle, lui, a réussi à se hisser à bord d'un rafiot avec quelques rescapés de la Garde blanche. Après avoir bien tourné en rond, il débarque à Istanbul, où affluent des réfugiés en provenance de toute l'Europe. À ce moment, Fédor est persuadé que ses parents et son frère ne sont plus de ce monde. Des témoins ont vu brûler l'immeuble administratif où vivait la famille Radzanov. Un jeune soldat ayant servi dans le même escadron que Mitia assure que celui-ci s'est fait hacher menu par un tir de mortier. Orphelin, sans ressource, blessé à la jambe, Fédor est soigné dans un ancien couvent transformé en hôpital, puis, durant des mois, il végète à Istanbul en faisant des petits boulots, notamment cuistot dans une cantine de l'armée américaine. Par le truchement d'un haut gradé et au prix de démarches douanières épuisantes, il parvient à obtenir un visa pour les États-Unis.

Il débarque à New York le 6 septembre 1929. La seule personne qu'il connaît dans cette jungle de verre et d'asphalte est Vladimir Horowitz, récemment passé à l'Ouest lui aussi et qui donne ses premiers concerts dans la patrie de l'oncle Sam. Fédor décide d'aller le trouver. L'autre est d'abord effrayé par cette lointaine relation. Ne s'agit-il pas d'un agent de la Guépéou chargé de l'infiltrer ? Fédor se fait éconduire, mais revient à l'assaut de la forteresse. Il prouve à Face de Chou qu'il n'est ni un traître ni une taupe, encore moins un lâche. Il a perdu tous ses repères et n'a plus qu'Horowitz au monde. Ce discours semble sincère. Le maestro se laisse fléchir. Fédor est bel homme. Horowitz le prend à l'essai comme secrétaire en lui faisant jurer silence radio total avec le Vieux Monde. Fédor l'assure de sa discrétion. À qui se confierait-il ? Sa famille a été anéantie. Tout ce qu'il souhaite, c'est un job et se remettre à danser, car c'était sa passion à Kiev. Horowitz va lui permettre tout ça.

En 1934, Fédor obtient la nationalité américaine et papillonne dans les night-clubs, où je l'imagine dansant le fox-trot et le charleston avec la grâce de Nijinski. Il fréquente un peu la pègre, en tous les cas il en adopte les manières. N'ayant pas d'enfant, il se prend d'affection pour Sonia, la fille du maestro, à qui, très tôt, il enseigne l'art des entrechats. Les années passent et le danseur-secrétaire suit le pianiste adulé dans ses moindres déplacements. Il a trouvé sa place au sein de la caravane Horowitz, entre l'accordeur, le diététicien, le masseur et le garde du corps, sans lesquels le dieu du piano est un homme perdu.

Nous sommes en 1939 et le maestro s'installe définitivement à New York. D'une manière pour le moins fabuleuse, Fédor retrouve la trace de sa mère et de son frère, qu'il croyait depuis longtemps « parmi les anges ». En effet, encouragée par ses amis de Menton, Anastasie a écrit une longue lettre à Horowitz, comme on jette une bouteille à la mer. Après un rapide rappel des années de Conservatoire et de leurs vacances à Vevey, elle entre dans le vif du sujet et lui parle de son fils chéri, pianiste de talent lui aussi, qui aurait besoin d'être un peu « épaulé » par la chance. Elle demande à Horowitz d'être ce coup de pouce du destin en accordant une audition à Mitia – cela suffirait, selon elle, à le lancer.

Fédor intercepte ce courrier et répond aussitôt à sa mère, sans toutefois préciser son identité, conformément à la promesse faite à son employeur. Il lui explique qu'il est le secrétaire d'Horowitz et qu'ils ont bien reçu sa prière. Le mieux serait que Mitia et elle viennent à New York pour passer cette audition. Il lui envoie l'argent de la traversée. Anastasie meurt d'envie de crier sur les toits qu'elle a renoué contact avec le petit ouistiti (surnom délivré cette fois avec tendresse) et que ce dernier les attend de pied ferme outre-Atlantique. Or, elle a réfléchi qu'une telle rencontre se méritait. Dimitri risque de se ridiculiser s'il ne reprend pas sérieusement le piano. Elle va l'encourager à jouer pour retrouver le niveau qui était le sien avant la Révolution. Et, pour le stimuler, elle s'arrange pour qu'il soit informé régulièrement de l'insolente réussite de son petit camarade à la renommée grandissante.

Elle demande au secrétaire de lui envoyer des articles, des photos illustrant l'ascension de celui que les Anglo-Saxons ont baptisé « l'Ouragan des Steppes ! ». Fédor lui envoie tout ce qu'elle demande, prenant lui-même des photos du maestro au risque de rompre l'omerta. À chaque envoi, il joint un peu d'argent – ce qu'il nomme des mandats solidarité. Entre compatriotes black-boulés, on se doit bien ça. Tout l'argent reçu d'Amérique, Anastasie le délivre au compte-gouttes à son petit-fils en lui faisant jurer de l'engranger à toutes fins utiles. À cette époque, elle espère encore pouvoir prendre sa revanche sur le destin. Quand Mitia sera au point, ils iront tous à New York pour assister à son triomphe.

Tandis que Sternberg poursuit son récit, je comprends que le Érard demi-queue a pu être acquis grâce aux subsides de mon oncle, lequel aura contribué à relancer la carrière pianistique de son frère en jouant les bienfaiteurs de l'ombre.

Or, soudain, alors que l'horizon s'éclaircissait, plus de courrier. La ligne directe reliant Chatou à l'hôtel particulier de la 94e Rue est brutalement coupée. Fédor a perdu son emploi. On ignore la raison exacte, mais il est bien possible qu'il se soit fait jeter par son patron après la découverte par celui-ci du manège auquel on se livrait dans son dos. Pourquoi Fédor a-t-il rompu leur pacte ?

Sa passion des femmes lui coûtait fort cher et il était prêt à tout pour la satisfaire. A-t-il vendu certains clichés aux premiers tabloïds ? Fricotait-il avec le syndicat du crime, toujours à l'affût d'un mauvais coup, chantage ou racket ? Nous sommes en 1941 et, pour la seconde fois, on perd complètement la trace de mon oncle.

En 1945, Sternberg débarque à son tour aux USA avec les quelques centaines de rescapés de la Shoah. Il est accueilli par un groupe de bénévoles chargés de l'aide aux réfugiés. Parmi ceux-ci, une Américaine d'origine polonaise dont le mari originaire de Kiev, lui aussi, a donné sa vie pour sauver l'Europe. Le nom de cette femme est Radzanov.

Après son renvoi de chez Horowitz, Fédor s'est engagé dans l'US Army et a épousé la sœur d'un camarade polonais, un mois seulement avant l'entrée en guerre des États-Unis. Pour lui, le Débarquement, c'était l'occasion rêvée de revoir son frère de Chatou.

Hélas, le jour J n'allait pas tenir toutes ses promesses. Fédor Radzanov est tombé pour la France, à la pointe du Hoc, le 6 juin 1944.

Stupéfait, Sternberg écrit aussitôt à Dimitri en joignant à sa lettre cette troublante photo qui prouve qu'il ne s'agit pas des divagations d'un homme ayant perdu la tête à Auschwitz-Birkenau.

Je comprends enfin pourquoi mon père a si facilement accepté de m'accompagner à New York. Ce n'était pas pour Horowitz, mais dans l'espoir de rencontrer sa belle-sœur et son neveu, car j'apprends de surcroît que j'ai un cousin né en juillet 1944 et prénommé Igor.

Sternberg nous révèle enfin que la femme de Fédor s'est remariée et qu'elle vit désormais en Australie.

Nous reprenons l'avion dans quelques heures. Juste le temps de faire un pèlerinage dans SoHo, sur les lieux où a vécu cet oncle mort, ressuscité et à nouveau disparu. Des gamins font des glissades sur les trottoirs gelés le long des façades *castiron* de Green Street, et papa se souvient de descentes à tombeau ouvert rue Saint-Alexis, à Kiev, sur une vieille luge. Fédor le portait sur ses épaules. Et il a continué à le faire tout au long de ces années de séparation, et ce, bien qu'un océan les séparât. Je suis abasourdi par cette histoire folle mais vraie. Pourquoi mon père gardait-il le secret ? Il m'avoue que, dans sa lettre, Sternberg ne lui avait pas tout dit. Il espérait revoir son frère vivant et m'en faire la surprise. Il avait toujours senti au fond de lui que quelque chose le lançait, comme un membre amputé qui continuerait à remuer. Et encore maintenant, il a le sentiment profond que Fédor n'est pas une croix blanche parmi des milliers fleurissant les falaises de Normandie, mais qu'une fois de plus il a pu passer au travers et qu'un de ces quatre matins ils pourront enfin se serrer l'un contre l'autre. Seulement, la glace s'est fendue sous les pieds de Mitia et il va falloir que Fédor, s'il vit encore, pousse très fort sur sa luge s'il veut arriver avant le naufrage.

Sternberg nous conduit à l'aéroport dans son véhicule de fonction. Employé dans la plus grande blanchisserie de New York, il fait la navette entre l'Upper East Side et les docks où il décharge le linge sale des paquebots. Le dimanche, il chante dans les chœurs orthodoxes de la cathédrale Saint-Nicholas. Papa sort une Gauloise de son paquet, la porte à ses lèvres et cherche ses allumettes. Sternberg raconte que c'est l'Armée rouge qui l'a délivré. Des soldats de 17 ans à peine, les enfants de ceux qui les avaient chassés de Russie dans les années 20. On lui a tendu un paquet de cigarettes, du chocolat, on lui a demandé de sourire aux caméras pour immortaliser ce moment. De dépit, papa jette cigarette et paquet par la fenêtre. Nous tenons à trois sur la banquette avant. Je suis au centre, serré entre deux destins marqués au fer rouge.

Dans le rétroviseur extérieur, je regarde flamboyer une dernière fois les tours de Manhattan.

L'avion décolla avec trois quarts d'heure de retard à cause du brouillard. Mon père était assommé par tout un cocktail à base de fatigue, de souffrance, d'émotions. On distribuait des bandeaux noirs pour dormir. Papa en prit un et se le colla aussitôt sur les yeux. Ce spectacle ne pouvait qu'accentuer mon malaise, rendant parfaite la ressemblance avec un condamné à mort cloué au poteau d'exécution. Il accepta de prendre un comprimé pour dormir, mais me fit jurer de le réveiller lorsque l'avion survolerait les plages du Débarquement. Il s'était bien renseigné sur notre plan de vol et pour rien au monde il n'aurait voulu rater le lever du soleil sur la pointe du Hoc.

Avant de quitter New York, j'avais fait le plein de journaux rendant compte du jubilé d'Horowitz.

— Tu ne veux pas savoir comment c'était ?

— Quoi donc ?

— Le concert ?

— Non.

— Il a joué le plomb !

— Le plomb dans l'aile ! dit mon père avant de sombrer d'un seul coup.

Entre ciel et terre, je refais ce sale rêve qui me poursuit depuis la guerre. Dimitri est agenouillé devant cet officier aux yeux de faïence, lequel sort son revolver, ôte toutes les balles du chargeur sauf une, fait tourner le barillet et me tend l'arme avec un sourire sadique. Il m'ordonne de jouer à la roulette russe avec papa. Si je refuse, les soldats nous feront subir le même sort qu'au chien des Sternberg. Chaque fois que j'appuie sur la détente, papa récite une note de musique. Do… Ré… Mi… Fa… Je m'éveille en sursaut. La sueur slalome le long de mes tempes. Mon père est toujours affalé contre moi. Je relève un peu sa couverture. Je suis pris d'une immense bouffée d'amour pour cette sacrée tête de bûche.

Mon père s'en alla peu de temps après notre retour de New York. Ces derniers jours ne furent ni tristes ni amers, mais illuminés par l'espoir que son frère allait lui revenir du royaume des ombres. Il guettait le facteur avec l'impatience d'un gamin qui espère la venue du père Noël.

– Non, encore rien aujourd'hui, monsieur Radzanov, mais, vous savez, il y a pas mal de retard dans le courrier en ce moment !

Chaque fois que je songe à sa silhouette en robe de chambre derrière le bow-window du salon, je pense à un tableau d'Edvard Munch. Il ne fumait plus en mémoire de Mme Sternberg et pour que je ne désespère pas de mes futurs clients. Tous ne seraient pas aussi cabochards que lui ! Hélas, cette bonne résolution arrivait trop tard. Il eut encore la joie de me voir passer avec succès ma spécialité. Je ne lui dis pas le terrible bras de fer qui s'était joué dans ma conscience. J'avais bien failli arrêter mes études tant mon impuissance face à sa maladie me minait. Renoncer au théâtre avait été un crève-cœur. Mais avais-je vraiment les testicules pour monter sur scène chaque soir ? Je préférais me produire dans l'ombre, jouer au « médecin » devant un public forcément acquis à ma cause en essayant de ne pas trop le décevoir, tout en sachant qu'il n'existe aucun remède à la vieillesse et à la décrépitude. On peut soulager (un peu), retarder (à peine), vaincre jamais.

Il ne touchait plus à son piano, non que sa passion se fût refroidie, mais ses doigts déformés par l'arthrose ne pouvaient plus se plier aux cadences infernales. En revanche, il écoutait très souvent de la musique sur son vieil électrophone (il refusait que je lui en paye un neuf). La modernité entrerait dans cette maison quand il en serait sorti… les pieds devant.

Il appréciait particulièrement Alfred Cortot et Dinu Lipatti. De Face de Chou, il ne fut plus question entre nous.

À la fin du mois de juin 1953, son état se détériora brutalement. Chaque homme fixe une barre à son combat contre la Faucheuse. Mon père avait décidé de tenir jusqu'à mon serment d'Hippocrate. Ce jour-là, il insista pour déboucher le champagne et, alors que nous choquions nos coupes, il revint sur notre affrontement à l'hôtel Tzareva, le soir du jubilé. La seule vraie fausse note dans nos relations.

– Ce que tu m'as dit ce soir-là, tu le pensais vraiment ?

– Papa, j'ai eu tort, je me suis excusé, c'est bon !

– Tu sais, mon fils, j'ai toujours eu une haute idée de toi. Tout ce que je t'ai conseillé de faire me semble juste. Mais si tu penses le contraire…

– Tout est clair entre nous.

Plus tard, il se remit à gratter la croûte.

– Si Fédor avait vécu, je veux dire s'il n'avait pas joué les fantômes de l'opéra, ta grand-mère n'aurait sans doute pas pesé à ce point sur notre vie. Il était son préféré et il le savait, ce qui a sûrement dû influer sur sa décision de faire le mort. Une façon radicale de couper un cordon qui l'étranglait. Elle a rejeté tous ses espoirs sur moi et j'ai dû me fabriquer une peau de rhinocéros pour me protéger de ses terribles serres ! Cela a sans doute eu des conséquences sur mon caractère et ma façon de t'élever. Mais je suppose que

144

tu es assez intelligent pour avoir fait la part des choses.

Il avait hâte d'être avec Violette au cimetière et que le gardien ait enfin un bon prétexte de ne plus lui demander de déguerpir parce qu'on allait fermer les grilles. Hiver comme été, désormais, il serait libre de s'entretenir avec sa bien-aimée sans limite d'heure. C'était le bon côté de l'éternité ! Mais il en existait un mauvais. Se retrouver étendu sous la bruyère entre sa femme et sa mère qui devaient se regarder en chiens de faïence, quelle angoisse ! S'il parlait à l'une, l'autre lui ferait la gueule pour les siècles des siècles. Je lui dis que ce serait une occasion rêvée de faire parler ses talents d'arbitre !

Deux semaines avant sa mort, il revint du cimetière avec un chien. L'animal errait parmi les tombes, levant parfois la patte pour arroser les pensées et les immortelles. Il avait suivi papa jusqu'à la maison. Ce chien perdu était la réplique exacte du toutou servant d'emblème au label « La Voix de son Maître ». D'ailleurs, il se mettait à faire le beau et à chanter en tournant sur lui-même chaque fois que papa mettait un disque. Pour ses talents de danseur, papa l'avait baptisé Fédor. Il lui parlait tout bas, en lui soulevant une oreille, et on sentait qu'il y avait entre ces deux-là plus que de la complicité.

Dimitri Radzanov mourut le 9 septembre 1953. Il serait à jamais d'un an plus jeune que son propre père. J'étais resté près de lui toute la journée. Il avait voulu faire du rangement et on s'était mis à trier ses disques à genoux sur le parquet. On peut dire que mon père est parti en musique, et ce, bien que l'électrophone soit resté fermé. Nous connaissions par cœur le contenu de chaque pochette et il nous suffisait de lire le nom de l'interprète et le titre du morceau pour l'avoir aussitôt dans l'oreille. Il devait avoir fixé l'heure de son départ et savoir sur quel air il souhaiterait quitter cette terre, car c'est en s'emparant du *Beau Danube bleu* de Johann Strauss qu'il s'écroula soudain. C'était ce qu'il jouait au piano le jour où maman et lui s'étaient rencontrés.

Chaque soir, depuis le seuil de sa dernière demeure, papa peut voir le soleil couchant embraser la façade des usines Pathé-Marconi.

Juste après l'enterrement, je suis parti à Vevey, avec Fédor. Je rouvrais le chalet de mes grands-parents lorsque j'appris que je n'étais pas le seul à profiter de l'été indien au bord des lacs suisses. Horowitz se faisait soigner incognito dans une clinique des environs de Lucerne. Il avait craqué à la suite d'un concert qualifié de « bouffon » à Minneapolis un mois jour pour jour après son triomphe à Carnegie Hall. Plusieurs raisons pouvaient expliquer ce passage abrupt de la lumière aux ténèbres. Ses colites à répétition, qui le mettaient dans un état second, ses disputes avec Wanda, qui ne dataient pas d'hier, mais atteignaient leur paroxysme au point qu'il couchait à l'hôtel, son problème avec Sonia, cette créature étrange qui ne tournait pas rond, le lynchage médiatique dont il faisait l'objet depuis sa rechute dans l'esbroufe et la théâtralité (on lui reprochait de ne pas prendre de risque en jouant toujours les mêmes œuvres, des morceaux spécialement adaptés à son goût de l'épate), bref, ceci ajouté à cela avait contribué à l'ajournement *sine die* de toutes ses tournées et à son internement psychiatrique.

Il n'en était pas à sa première dépression. Déjà, en 1938, si l'on s'en réfère à l'album d'Anastasie, il s'était retrouvé dans la même situation après avoir été opéré d'une appendicite imaginaire (sa mère avait succombé à une péritonite et, au moindre mal de bide, il fallait appeler les pompes funèbres). C'est en 38, soit dit en passant, que papa se remit au piano, et il est amusant de noter qu'il s'est épanoui dans le silence d'Horowitz. Ce dernier était donc à nouveau *knock down* et se faisait regonfler à grand renfort de séances d'électrochocs. Je me souviens du jeu de mots de papa, dans l'avion, « du plomb dans l'aile »… il avait bien flairé le piège, voyant avant tout le monde le gros ver de la déprime s'agiter au bout de l'hameçon du succès !

J'étais sincèrement affecté par cette affaire. Volodia faisait un peu partie de la famille et, mû par un réflexe de Pavlov, je décidai donc d'aller lui rendre une petite visite dans cette clinique de Lucerne où il résidait. La proximité de nos villégiatures n'était pas le fruit du hasard, mais bien un signe m'invitant à franchir le pas.

Au centre de thérapie, on me dit que je devais être mal informé, car aucun M. Horowitz n'était actuellement en traitement. Intox bien évidemment. J'insistai pour voir le directeur, me servant de mon caducée comme d'un passe.

– Que puis-je pour votre service, docteur Radza…

– Radzanov. Je souhaiterais parler à M. Horowitz. Rassurez-vous, il me connaît.

– Je suis désolé, docteur Radzanov, mais aucun M. Horowitz ne bénéficie de nos soins à ce jour.

– Vous ne le soignez pas ? Dans ce cas, permettez-moi de m'en charger.

148

Je déposai sur le bureau du directeur une petite boîte de suppositoires.

– Des antispasmodiques. Uniquement à base de plantes.

À ce moment précis, un air de piano (je crois bien qu'il s'agissait d'*Excursions* de Samuel Barber) résonna à nos oreilles, couvrant les cris des pensionnaires qui se chamaillaient dans l'espace loisir.

– Qu'il en prenne un matin et soir. C'est excellent pour ce qu'il a.

En quittant la clinique, j'étais heureux, oui, heureux et soulagé que Volodia continue à travailler sa musique et je lui souhaitai les mêmes bonheurs que ceux que Dimitri avait connus à Chatou lorsqu'il s'était mis à jouer par amour. Mais quel amour soutenait Horowitz ? C'était bien là le hic. Il marchait seul dans un désert de plus en plus aride. Père au goulag, mère décédée, épouse hystérique, fille psy, pas d'amis à qui confier ses doutes, pas de confrères avec lesquels partager sa passion, aucun élève (il ne croyait pas à l'enseignement). Son monde n'était peuplé que de médisants, d'envieux, de parasites et de gangsters, qui ne rêvaient que de lui piquer son pognon et de le voir se casser les reins. C'était chose faite. Le seul à s'inquiéter réellement du sort de ce pauvre homme, c'était moi : Ambroise

Radzanov… Le petit-fils de sa plus sournoise laudatrice, le fils du plus doué de ses condisciples, le neveu de son ancien secrétaire particulier, dernier maillon de la chaîne ukrainienne, ultime représentant encore vivant d'une longue lignée de gardiens du temple.

Horowitz n'avait plus que moi et, dans le train qui me ramenait vers Paris, je me rendis compte avec une cruelle évidence que je n'avais plus que lui.

À mon retour de Vevey, je ne vendis pas le pavillon. J'y installai mon cabinet. Médecin des pauvres, comme le docteur Destouches qui aurait au moins fait une vocation. Lorsqu'on est malade, qu'on soit sans un radis ou plein aux as, on est toujours un pauvre homme. Mes premiers clients allaient se mettre à défiler, des jeunes pousses, des vieux chevaux, il n'y a pas d'âge pour avoir mal. Séance après séance, j'apprendrais mon métier, trouvant les mots qui rassurent et ceux qui détendent, à défaut de connaître les paroles qui sauvent. Ma simplicité et mon dévouement finiraient par payer. Le piano de mon père ne quitterait pas la salle d'attente. Toujours ouvert, il inviterait mes petits patients à tenter leur chance.

Année après année, je prendrais mon rythme de croisière. Un malade toutes les demi-heures, ponctuées par la mélodie du carillon Westminster. Ma journée finie, j'irais promener Fédor dans les hauts de Chatou. Il me précéderait jusqu'au cimetière des Landes où nous attendrait le reste de la famille.

Les dimanches varieraient selon les saisons. L'été, j'irais au Vésinet pour admirer les jambes couleur miel coulisser le long des bandes blanches. L'hiver, je pousserais jusqu'au stade de Montesson et j'observerais les amateurs de ballon rond patauger dans la boue. Soudain un coup de sifflet strident interromprait la partie. Les joueurs redresseraient la tête comme un seul homme, cherchant à localiser la provenance de ce rappel à l'ordre intempestif. J'aurais déjà repris ma marche, serrant dans ma poche la relique paternelle.

De temps à autre, diplomatie oblige, j'honorerais quelques invitations chez des clients du Pecq ou du Vésinet.

— Permettez-moi de vous présenter le docteur Radzanov. Un grand mélomane devant l'Éternel. Sa famille était très liée au célèbre...

— Oh !... Ah !... Très bien !

Et ce serait au cours de l'une de ces soirées de vin et de cigare que, inévitablement, une langue fourcherait :

– Je l'ai appris à la radio en venant... On l'a découverte dans son appartement de Genève... on pense qu'elle s'est suicidée... Oh ! elle était perturbée depuis très longtemps... Il paraît que son père ne s'est pas déplacé pour l'enterrement, il a seulement choisi la musique et n'a pas interrompu sa tournée... Pas facile d'être la fille d'un géant !

Le morceau de chevreuil ou de sanglier resterait coincé sous ma langue, je deviendrais blanc comme les lys du salon, la maîtresse de maison se pencherait à l'oreille du convive indiscret et lui murmurerait la petite phrase : « Horowitz tss tss tss ! »

– Je suis confus, vraiment, j'ignorais que vous vous connaissiez... Était-elle musicienne comme son père... ?

– Non, mon oncle lui avait enseigné la danse et il rêvait d'en faire une étoile !

Ma grand-mère n'avait conservé que les ors de la légende, il me faudrait quelque peu écorner le mythe, habillant de crêpe cette photo de mon oncle et de Sonia Horowitz retrouvée morte à 41 ans dans un palace genevois. Sur cette photo, Fédor resplendissait, et avec quelle tendresse cette petite fille lui souriait. Il n'y avait pas encore dans ses yeux cette lueur de folie que l'égoïsme ou l'incompréhension de son père y allumerait plus tard. Et si Volodia avait chassé son secrétaire par jalousie ? Seul Horowitz détient la vérité, et mon rôle n'est pas de le juger, mais d'entretenir la flamme du souvenir, d'accomplir le devoir de mémoire. Je poursuivrais l'album envers et contre tout, y inscrivant les faits, rien que les faits, les tabacs et les bides, les hommages et les casseroles, les prouesses et les lâchetés jusqu'au dernier soupir d'un homme qui ne m'aurait même pas salué s'il m'avait croisé dans la rue. Et pourtant, il n'est plus permis à personne d'en douter, nous étions très liés.

Les semaines se suivent et se ressemblent, et cette routine n'est pas pour me déplaire. Je fais jouer mes dix doigts sur de vieilles carcasses percluses de douleurs ou sur de jeunes squelettes aussi fragiles que du verre.

De loin en loin me parviennent de la salle d'attente, comme volées au piano de mon père, quelque notes timides et pataudes – les premiers accords d'*Au clair de la lune* ou de *La Lettre à Élise*. Tôt ou tard s'élèvera une sonorité inconnue qui me rendra la magie de mes dix ans. Je guette ce miracle, penché sur les chairs souffrantes, cherchant à dénouer les nœuds, à réduire les torsions, à entendre, sous mes doigts, craquer l'adversaire. Oui, un jour ou l'autre, de tous mes pianistes en herbe, se dressera un fameux boxeur d'ivoire.

Ma plaque est bien scellée dans la meulière :

DOCTEUR AMBROISE RADZANOV.
ANCIEN INTERNE DES HÔPITAUX DE PARIS.
SPÉCIALISTE DES MALADIES OSSEUSES.
SUR RENDEZ-VOUS.

J'ai tout mon temps.

Du même auteur :

Aux éditions Gallimard

Le Tigre d'écume, roman, 1981 (Bourse de la Fondation Laurent-Vibert de Lourmarin).
La fille qui hurle sur l'affiche, roman, 2003.

Aux éditions Les Presses de la Renaissance

Le Couturier de Zviska, roman, 1984.
S'il pleut, il pleuvra, roman, 1987 (Prix de la Vocation).
Vingt-deux nuances de gris, nouvelles, 1990.
Bill et Bela, roman, 1993 (Prix Thyde Monnier de la Société des gens de lettres).

Aux éditions Isoète

Escales de rêves, rêves d'escales, 1989.
Notre-Dame des Queens, 1996.
Tube, 2003.

Aux éditions du Seuil

Mauve Haviland, roman, 2000.

Aux éditions Fayard

Milledgeville, sanctuaire des oiseaux et des fous, (Flannery O'Connor, un autoportrait), 2004.